U0478903

老兵

LAOBING

谢志强◎著

花山文艺出版社
河北·石家庄

图书在版编目（CIP）数据

老兵 / 谢志强著. -- 石家庄 : 花山文艺出版社, 2020.1

ISBN 978-7-5511-4970-9

Ⅰ. ①老… Ⅱ. ①谢… Ⅲ. ①短篇小说—小说集—中国—当代 Ⅳ. ①I247.7

中国版本图书馆CIP数据核字(2019)第222361号

书　　名：老　兵
著　　者：谢志强

责任编辑：刘燕军
责任校对：李　伟
美术编辑：胡彤亮
出版发行：花山文艺出版社（邮政编码：050061）
（河北省石家庄市友谊北大街330号）
销售热线：0311-88643221/29/31/32/26
传　　真：0311-88643225
印　　刷：三河市华东印刷有限公司
经　　销：新华书店
开　　本：650×940　1/16
印　　张：15.25
字　　数：220千字
版　　次：2020年1月第1版
2020年1月第1次印刷
书　　号：ISBN 978-7-5511-4970-9
定　　价：48.00元

目录

抓　阄

那一天，我听见飞机马达声，我正在屋顶架电线。一颗炸弹在屋子不远处爆炸，墙被震塌。我随着墙落在地上。又听见几声爆炸声。我从瓦砾、断砖中爬出来，只见炸断的电线躺在废墟里冒着青烟。

我像是废墟里长出的一棵树。团部警卫排马排长赶来，他说，你受伤了，伤了哪里？

我一摸脸，一手血，鲜红的血。于是，我感到疼，浑身的疼像一下子爆发一样。接着，我失去了知觉。后来，马排长说，你当时像风中的树，颤抖、摇晃。

我苏醒过来时，已在一间屋子里，我闻到熟悉的庄稼气息，我在一个村民的家里。马排长说，你已睡了三天。

那一颗炸弹把我体内潜伏着的伤寒给引爆了——我得了一场伤寒。当地的村民称为血汗病，不死也要脱层皮。我又黑又硬的头发也掉光了，甚至，脚底的老茧也脱掉了。

司令部派了卫生员护理我。部队打胜了一场伏击战，然后转移。房东大娘照料我，我的伤和病明显好转，已经可以自行下地，出去晒太阳。只是我额角的伤口还在化脓。

一个姑娘抱着一个小男孩，笑得像阳光下的花儿那么好看，她问，好了吗?

我第一次看见她，她怎么知道我病了呢？我察觉自己也会害羞，我说，好了，好了。

我甚至咬着牙，给她做一个正步走的样子。

姑娘笑了，笑出好听的声音。她说，我看你还没完全好。

房东大娘出来。我终于知道，姑娘是房东大娘的女儿，抱着的小男孩是她的弟弟。她弟弟也跟着她笑了。我昏迷时，她一定看着我。

后来，我归队了。想想房东大娘女儿的笑，好像没经受过战争的笑，我就给她写了一封信，问她愿不愿意嫁给我？她回信写了十个“愿意”。她还提起，是八路军里一个戴眼镜的女兵教过她识字。我复信向他透露，戴眼镜的女兵是团长的老婆。

信中断了。据说，日本鬼子“扫荡”，血洗了房东那个村庄。日本兵是不是搜出了我写给她的信?

我高中只上了一年，1940年参加了八路军，起先当通信兵，南征北战，不知打了多少仗，跑了多少路。可是，我忘不了房东女儿的笑容。1949年，我随王司令率领的大军进新疆。新疆和平解放了。我所在的部队来到塔克拉玛干沙漠边缘屯垦戍边。我在团政治部当宣传干事。

1952年的一天，团部像过节日一样，张灯结彩，欢迎师里分配来的山东女兵。各个连队排级以上的干部差不多都集中到了团部参加欢迎会。

老兵们都跃跃欲试，理了发，刮了胡，焕然一新，想挑选中意的姑娘。

团长说，挑剩了，不是让姑娘为难吗？

女兵不过一个排，还没有领略过那么多男人如此盯视的目光。

团长提出了一个方案：抓阄。

我已看中了一个姑娘，似乎我和她似曾相识，因为她悄悄地瞅过我，还笑了一下，那一笑把我珍藏的记忆给笑活了。我的心扑通扑通地跳。

我写了一沓小纸条，一个名字一个纸条。当然，还有许多空白纸条。我把它们揉成一个一个的小纸团，有一大捧，放进一个脸盆里。我期望自己抓阄——名字和形象统一。

一桩婚姻竟维系在那个小小的纸团上，一个纸条一个新娘，更多的是没有——空白纸条。

我看着连队来的干部优先抓阄。我担忧起来，却又无可奈何。战争年代，他们毫不含糊——冲锋、刺刀。现在，手在一层纸团上犹豫，下不了手。有的预先还往手心上哈口气，双手相互搓，搓热；有的像鸟儿啄食，手在脸盆的上方盘旋。

三个阄抓走了。一个姑娘突然喊，我不愿意叫你们抓阄。

我循着声音望去，是那个朝我笑过的姑娘。

站在脸盆（摆在一张桌子）旁的团长一愣，又一笑，说，你不服从规定，为啥？

她说，首长，这样不公平。

团长说，你说说，咋叫公平？

她说，男的多，女的少，可也要男女平等，不能只叫男的抓，那是老观念，我要自己抓阄。

团长说，脸盆里都是女的，总不能自己抓自己的吧？咋抓？你给我抓一个看看。

她出了队列，径直走向我，一把抓住我的胳膊。

我像一棵树，无风，不动，脸热，心跳。

团长笑了，说，刘干事，人家多有眼力，你别害羞啦，你咋说？

我狠狠地点了个头，说，愿意，愿意被抓。

我听到一个人说，刘干事怎么像个俘虏？

有几个连长、指导员都是我的战友，他们对自己的长相相当有信心，于是提出要享受刘干事的待遇。

团长摆摆手说，你们瞎急什么？他转向问她，一见钟情？你怎么一下就看上了刘干事？

她说，说来话长，抗日战争的时候，他在我家养过伤，后来还给我写信。

团长说，再后来呢？

她咬咬嘴唇，这一下脸红了，说，我不告诉你们。

我那几个战友又一次强烈呼吁，要求姑娘来抓阄——选活人，而不是抓纸团。

团长对此竖起大拇指，说，我喜欢这样的性格，凭你的勇气，我给你开个先例。

女大十八变，越变越喜欢。我已看出她当年可爱的形象了。

然后，团长像拍鼓一样拍一拍脸盆，对几个信心十足的战友说，你们恋爱过吗？没有，好吧，还是按原来的规矩，继续抓阄。

一个礼拜后，团长亲自主持集体婚礼，一个排的女兵，一个排的男兵。女兵是山东参军进疆的女兵，男兵是战火硝烟过来的老兵。团部专门给我俩腾出了一间房子。

其实也不是凑巧。书信中断，她曾打听我所在部队的去向，那时我们部队离开了根据地。解放战争时期，她已是村妇女会主任，听说我们部队换了番号，进军大西北。她记住了我的额角有个弹片划出的疤痕。

我抱住她，如同当年她抱弟弟，我说，最初，我就认出了你的笑。

她笑得简直要把被窝掀起来，说，那么久，那么远，我总算抓住你了。我说，我愿意，早就愿意被抓了。

引 弟

妈妈明确地说那是1953年春天，开垦荒地，长出了苜蓿。那天休息，妈妈把采来的苜蓿过了一下滚烫的开水，然后，切又绿又嫩的苜蓿。她打算凉拌苜蓿。缺乏菜油，就不放油。

爸爸镶着一口假牙。抗日战争末尾，一次战斗，跟日本鬼子拼刺刀，爸爸的嘴上挨了一枪托，满嘴的牙齿倒的倒、落的落。他不得不吃软绵绵的食物，比如面条、糊糊。

妈妈已经给他煮了一罐金灿灿的苞谷面糊糊，可是，不知怎么的，妈妈走神了，怪嫩绿的苜蓿，还是怪结婚三年肚子里还没动静？反正，一不留神，锋利的菜刀已切断了妈妈的大拇指。

当时，我还没出生。妈妈后来对我说，她只见绿绿的苜蓿溅上了红红的鲜血，像开花了一样。接着，她才感到疼，疼传上来。她在一盆水里洗，红红的一盆水，鲜血还在往外流，她用柴灰涂在拇指根的断口处，然后，缠上一块手帕。

妈妈勤快了那么多年。她对我说，勤快，实际就是手在勤快。

木头砧板旁躺着那截大拇指，一动不动。大拇指就那么脱离了妈妈的手。

妈妈用另一只手拌好了苜蓿，准备捡起陶罐去连队的马厩。

她惊了一跳，一个小男孩的声音传来，妈妈，我给爸爸送饭。

妈妈转着身体观察空荡荡的地窝子，声音像沙漠刮来的风，灌满了地窝子。

终于发现平躺在砧板的菜刀旁边，立着那根大拇指，他蹦跳着喊，妈妈，我在这儿呢。

那么小，发出那么大的声音，小男孩像是戴了个红肚兜。

妈妈高兴得泪花模糊了眼睛，她擦擦眼，把大拇指放在手心，嘴凑上前，亲了他一口，说，小宝宝，这么小就懂事了？能行吗？

妈妈拎起陶罐，小男孩跳到罐下，一顶，像擎起一样。

妈妈说，那么大那么重，把你压坏呢。

小男孩像竖起大拇指一样，罐子在离地面一指高的空中稳稳地移动。罐底传出声音，妈妈，你别跟过来，我要吓一吓爸爸。

妈妈叮嘱，小心，别让罐子翻了，烫了你。

连队的马厩其实就是草棚子，四下里透风，中间横着一个长长的木板马槽。整个马厩响着嚼干草的声音，时不时地出现响鼻。

爸爸听见有个小男孩的声音，望着长长的走廊，又瞅瞅长长的马槽，再看长长的一溜马匹，嘀咕道，哪儿冒出个小子？

下面继续传上来喊声，爸爸，我送饭来了。

爸爸发现脚前两步远的地方，一个冒着热气的陶罐慢慢地移过来，他差一点儿踢翻它呢。罐子悬浮着，他拎起罐子。

一根手指像是指着他，再传上来“爸爸，快吃饭”的声音。他松松地握起了那根拇指，乐得嘴咧开，说，是你顶个大罐子呀，你刚才叫我吗？

立在爸爸厚厚的掌心上的小男孩说，爸爸，爸爸，爸爸。

爸爸连连应了，说，小是小了点。

小男孩一跳，说，我跟妈妈一样勤快。

爸爸说，哦哟哦哟，自我表扬起来。

小男孩跳到了马槽，说，爸爸，你趁热吃呀。

爸爸说，心急喝不得热粥，你当心，不要叫马吃草的时候把你也吃进去了。

小男孩一跃，顺着缰绳攀到横着的拴马杠子上。

爸爸捧起罐子喝糊糊，用手捏凉拌苜蓿，渐渐地，糊糊浅下去，罐底的糊糊很稠，吸不动。

小男孩钻进了打结的绳眼，抽动，解开了杠子上系着的绳结。

爸爸说，马要跑了。

小男孩说，我要放马。

爸爸喊了那匹马的名字，说，归队。

小男孩说，爸爸，为什么要把马拴住呢？

爸爸打好了结，伸出手去接小男孩，说，跑进沙漠就找不到了。

小男孩说，罐子里还有糊糊。

爸爸说，太稠，我吸不动。

小男孩跳进罐内，他在厚厚、稠稠的糊糊里来回搅。后来，爸爸说，就像打土坯泡泥巴，要踩熟泥。

爸爸仰脸，喝糊糊时，有一股香香的味道，好久没吃过肉了，他的嘴巴里都是肉的香味。

那以后的三天，吃饭时，小男孩要让热菜稍微凉一凉，然后跳进菜碗里，像洗澡一样洗一会儿，那菜就有了肉香味儿。妈妈说，小心烫，小心烫。小男孩说，真舒服，真舒服。

可是，那一天，小男孩在罐子里帮爸爸拨拉稠粥，供给包围着胡子的大嘴巴。爸爸使劲一吸，连同小男孩一起吸进了肚子。爸爸感到胃里有一根棍子在戳来戳去。

爸爸说，你别动，那里没门，我想法子叫你出来，你先别动。

用了几个办法，都不起作用，咳嗽、倒立，只听肚子里传出“闷死我了”的声音。

当爸爸奔回家，妈妈说，儿子呢？给你送饭，你没见着？

爸爸指指肚子，还做出喝的姿势。

妈妈说，喝糊糊，咋把儿子也喝进去了？

爸爸说，到卫生员那儿，喝泻药。

妈妈说，还不把我们的儿子熏坏了？你张开嘴。

爸爸把嘴张得很大很大，张开的嘴，把鼻子、眼睛都往上挤了。他延长张嘴的时间，生怕合拢了出危险。

妈妈抬起右手，将食指探进爸爸的嘴里，接触到喉咙口的“小舌头”。

爸爸的嘴发生了喷发，就像喷泉，糊糊带着酸酸的胃液喷出来。爸爸呕吐，又是鼻涕又是泪花。

地上的一摊呕吐物里有东西在动，一挺，像地上拱出一棵苗一样，大拇指小男孩直直地立起，身上的糊糊慢慢地往下流。

妈妈捧起小男孩，放进盆里洗了洗，问，还好吧？

小男孩说，我在里边望见了一根手指头，我以为是小弟弟指着我出来的路，我就出来了。

爸爸说，还没起名字吧？就叫他引弟吧。哎，你的手咋了？

妈妈一脸幸福地说，切苜蓿，切出一个儿子，我疼得欢喜。

小男孩有了名字，就快乐地跳起来，往妈妈缠着手帕的手上跳。

妈妈立刻用左手捂住伤口，不让小男孩回归原来的位置。

过了三天，妈妈去掉了手帕，伤口已愈合。晚间，小男孩趁妈妈入睡，他回到了原来的位置。第二天，妈妈发现右手有了大拇指，一点儿也看不出它曾经离开过的痕迹。

妈妈后悔了。该戴上手套，妈妈说。不过，第二年，我出生了——军垦第二代。爸爸总说菜的味道寡淡，就惦念引弟，怪妈妈收回了大拇指。妈妈常常用大拇指摁摁我的鼻子，说，你有个叫引弟的哥哥。

我问，哥哥呢?

妈妈竖起大拇指，说，把你引出来，这不是哥哥吗?他在鼓励你成长呢。

连队的一个叔叔——我爸爸的战友，说，那是你没出生前几年，你爸爸、妈妈想有个儿子，想疯了，合伙瞎编出的故事。

不过，我相信。有时，我想，一不留神，大拇指又离开妈妈，我就把他带在书包里，天蒙蒙亮上学的路上，我就胆子大了。

我属马，特别贪玩。夏天，渠道、涝坝是我嬉水的乐园。我简直像脱缰的野马。爸爸说，引弟当年解开了缰绳，我这个儿子是不是那匹马投胎的呢?

过礼拜六

星期天的傍晚，刘指导员把我叫到宿舍门口，神神秘秘地说，现在，你带领你这半个班，搬到隔壁那半个班，会合。

我问，为什么？

他说，过礼拜六。

我说，为什么叫我们搬？

他说，礼拜天再搬回来。

我说，搬来搬去，为什么？

他不耐烦了，说，叫你们搬就搬，这是连部的命令，啰唆这么多干啥？

隔壁的宿舍已摆了六张床，再加六个，一个班十二个女兵都挤在一起，怎么睡得下？

刘指导员缓和了口气，说，暂时克服一下嘛。

团部重视汽车连，分配了一个班的女兵。据说，指导员和连长曾跟团长死缠硬磨，要求多分几个女兵。团长说，整个团只分来了一个排，你们就占了一个班，狼多肉少，已经够照顾汽车连了。

我是女兵班的班长，想不到，我一宣布，我所住的宿舍其余五个姑娘积极响应。分到汽车连的头一个星期，十二个人都不嫌挤，喜欢聚在一起，闹一闹，说一说。反正铺盖一卷很方便，明天再抱回去。

我们好奇，过礼拜六要腾出宿舍，到底干什么呢？大家推举我和云芳趁夜色去侦察。

汽车连的住房也优越，差不多都是土坯屋了，其他连队多为地窝子。我们女宿舍都用纸糊住了窗户。用手指一捅，轻易地破了个小洞。透过小洞朝里瞅，有六张床睡了人，一男一女紧挨一起——我们的床上躺着一双双男女。

这就是指导员说的过礼拜六呀！我俩悄悄地回去跟班里的姑娘一说，大家笑得抱成一团——那不就是洞房吗？

第二天，我们搬回去，总觉得屋里有一种特别的气味，感到床被别人睡过了。刘指导员来检查，问，知道过礼拜六是怎么回事了吧？

我们一个劲儿地笑，异口同声地说，不知道。

指导员笑着说，不知道？过不了多久，你们就会知道了。

我们相互看看，不笑也不说。可是，指导员离开，我们又笑起来，笑成了一锅粥。我没笑，似乎什么正在慢慢地逼近。

一个月后，大老陈邀请我坐他的车去团部装货。他是排长。他说，进了汽车连，不跟车熟悉咋行？

然后，大老陈几次要我坐他的车。有一次，他还教我驾驶，他说，这车就是我们的媒人。

大老陈是老司机了。1949年，部队开赴新疆，他在先遣部队里，一路开车。我想象不出这辆卡车跑了那么多路，还保持得这么干净——稍许空闲，他就擦车。我讲究卫生。不过，我还没有结婚的念头，我没答应也没拒绝他，我觉得这么交往也蛮不错。他比我大七岁，相貌比他实际年龄还显大。

每次出车归来——跑长途，大老陈总给我带东西，葡萄干、哈密瓜干，还有小圆镜、纱巾。他到我宿舍门口喊我。我会把果脯分给班里的姑娘们。

吃了大老陈的果脯，云芳就羡慕我。单独相处的时候，云芳向我诉苦。连里分了一个老兵——其实是指导员把那个老兵介绍给云芳的，老兵比云芳大十二岁，脾气暴躁（指导员说，过上礼拜六就会好），云芳躲也躲不掉。似乎那个老兵认定云芳就是他的女人了。

我和云芳像亲姐妹，可以说无话不谈。云芳要我说一说大老陈的情况，我把我知道的都倒给她。后来，我知道云芳喜欢上了大老陈，她通过我了解了大老陈，然后，她瞅准机会坐进大老陈的驾驶室。

当时，女人被动。何况，打懂事开始，我就知道女人应有的姿态：世上只有藤缠树，不能树缠藤。可是，我佩服云芳的勇气，她主动向大老陈发起进攻。

三个月后，云芳和大老陈向连里申请了结婚，提出要过礼拜六。我听说，指导员刮了他俩的胡子（“刮胡子”指批评）。

指导员先训大老陈，你吃着碗里，看着锅里，你咋回事吗？你看中张班长，却跟李云芳结婚？你咋守的阵地，就这么随便被攻克了？你那个驾驶室，能随便让人坐？你咋把的方向盘？

接着，指导员再说李云芳，乱弹琴（情），你这叫恋爱？是滥爱！连里给你明确了对象，你挑肥拣瘦，你搅乱了连里的安排，你还有没有组织观念？！

指导员当着他俩的面，撕碎了结婚申请报告，要大老陈做深刻检查，对李云芳说，暂时不准你结婚，看你今后的表现。

李云芳回宿舍后，一头钻进被子里，号啕大哭。三天后，团里来了通知，她被调到垦荒连——离沙漠最近的一个连队。指导员认为她身在福中不知福，那就到第一线去锻炼锻炼。

指导员把我叫到连部。大老陈已在。指导员说，大老陈，你曾是守阵地的英雄，现在，你没守住阵地，你向张班长赔礼道歉。

我说，不用道歉，我从来没答应过他什么。

指导员说，大老陈，死要面子活受罪。好了，小张班长，我代表组织向你道歉，作为指导员，我没做好工作。

我反而尴尬起来，说，指导员，这件事跟你没关系。

指导员还是坚持要把事情揽到他的名下，说，没料到李云芳趁机插进来了，半路杀出个程咬金。

那一刻，我突然有了想法。我要是继续坚持不结婚，那么，组织仍旧继续安排，说不定介绍个比眼前的大老陈还差的男人呢。

于是，1953年春，我和大老陈过礼拜六。其他五个姑娘提前腾出宿舍，是在太阳西斜的时候。指导员来检查，还笑着对姑娘们说，热情、积极，好像你们要过礼拜六哪，你们班长也带头。

那天晚上有月亮，我听见隔壁姐妹的笑声，一会儿就安静下来。过去，我在窗外好奇“过礼拜六”，今晚，我在窗内过礼拜六。我时不时地望窗户，随时可能有一个手指，把窗纸捅个小洞。

米脂婆姨做的布鞋

熬过了“三年困难时期”的头一年，一天下午六点，师部通知我，连夜赶到阿克苏，农垦部的部长要了解我所在这个新开垦的农场的情况。

场部两辆汽车都派出去了，只好临时叫了一台轮式拖拉机，我坐在拖斗里。

我们这个农场在绿洲的最前沿，等于抠了塔克拉玛干沙漠小小的一块边，当年就种了小麦、玉米。师里的杜政委派我当农场的政委。

从农场到阿克苏，还没有像样的路，能跑车的地方就是路。要过戈壁、穿沙漠、涉河流。车在路上颠，人在车上颠。过了托什干河，天就黑了，车子跳得我实在坐不住，就虚蹲在车斗里，双手死死地抓住车厢板。

戈壁那里还好说，拖斗只是起劲地颠簸，像是簸箕抖瘪谷子一样要把我抖出去，我的身体随着拖斗起起落落。不过，穿越一片沙漠就没那么容易了——拖拉机陷进沙窝，我和司机四处找来红柳、树枝，垫在车轮底下，折腾了一个多小时，后又遇上沙坡，车轮在原地空转，就是爬不上去，倒倒、进进。

赶到阿克苏——师部招待所，已是后半夜了。我抓紧时间睡了一个小时。多年来，我的身体里像装了一个闹钟，要睡就能睡，要醒就能醒。

我爬起来，洗了个头，开始准备汇报材料。还没写完一张纸的字，杜政委就来了。天蒙蒙亮了。

杜政委说，你写什么？

我说，准备给王部长的汇报材料。

杜政委说，你的肚子饿不饿？

我说，一提醒，它就饿醒了。

杜政委说，先填饱肚子要紧。

我看着满字的纸，说，汇报材料刚开了个头。

杜政委说，不是都现成地装在你的肚子里吗？部长问啥，你就答啥，不就行了。

估计杜政委先去过王部长的房间打过了招呼，几乎同时，王部长也到了招待所的餐厅。

王部长笑着说，我们南泥湾大生产的特等劳动英雄，没睡觉吧？

我敬了个军礼，说，报告首长，路不好。

王部长说，今后路会好的。

杜政委说，通往沙漠的路已在进行勘测、规划。

坐下来，麦面馍头、苞谷面窝头，还有苞谷面糊糊。

王部长说，农场职工都能吃饱吗？

我说，今年能吃饱了。

他见我取了苞谷面窝头，说，你喜欢粗粮？

我说，都知道细粮好吃，可粗粮耐饿。

接着，王部长自然而然地问起农场开垦播种的面积（规划面积30万亩，实际播种面积10万亩），种植结构、产量（玉米亩产500斤、小麦亩产350斤，还打算种水稻）。

这么一问一答，我放松了。我想，这算正规汇报的前奏。

王部长向我推荐麦面馍头，说，亩产低了，头一年，地生，土地也会欺负陌生人。

我说，种上一年，地就熟了，技术跟上，产量就能上去。

他说，这回我来不及去看了，我也身不由己，下一回，我要亲自上你那儿检查哟。

我忘了吃了几个麦面馍头、苞谷面窝头，也忽视了它们的味道，不知不觉，肚子饱了。

我们站起来，早餐结束。我脑子里在盘算汇报的思路和内容。

王部长望着我的脚，突然问，你穿的鞋子是老婆做的吧？

我回答，是。

他说，就是要穿老婆做的鞋，又合脚又省钱，穿上它就不会忘记老婆，你有几个孩子？

五个。

他连声说，太多了，太多了。

农场的将来还要靠军垦第二代，人多热情高。

他笑了，说，你老婆是哪里人？

米脂。

米脂的婆姨好，英雄加美女，怪不得我看见你的鞋那么眼熟呢，米脂婆姨的手又巧又勤，其他地方做不出，下一次我到你家，让你老婆做钱钱饭吃。

把黄豆泡软，捣成片片，像麻钱，陕北人的钱钱饭。

我说，这是我们陕北的家常便饭，容易办到，欢迎首长随时来。

王部长握了握我的手，说，我得赶路了，往北方赶，赶到就要汇报。

我还惦记着一件重要的事儿。我悄悄地对杜政委说，我这不汇报了？什么时间汇报？

杜政委笑着说，刚才不是汇报过了吗？

我说，那算汇报？正式汇报？

王部长说，还要怎么汇报？！

我们都一齐笑起来。

驾 驶 员

1951年冬，下第一场大雪，汽车连照例开年终总结会，主要是表彰先进（宣布名单），还带出存在的问题（不点名）。唯独点了姚猛进。主持会议的赵指导员还要他站到前边来，接受战士们的批评帮助。

姚猛进是出车最后一个归队的司机。他去乌鲁木齐拉货，同时接来了老婆。他南征北战，最后开赴新疆，五年未见老婆。她收到他汇去的路费，几经周折，差不多抓住了他预定的出车时间。可是，接上了老婆，老婆已腆着个大肚子。姚猛进就不愿意和老婆住进连队专门腾出的一个地窝子。

指导员多次给姚猛进做思想工作，甚至还列举连队的战士基本上还是光棍，说，她大老远赶来，你还不肯一起睡，身在福中不知福，怎么说她也是你的老婆。

姚猛进说，我的车咋能随便让别人开？

一起的战友逗他，老姚，你不用出力就有了孩子，你还不满足呀？

姚猛进说，我的车怎能装别人的货?

本来年终总结，姚猛进也在表彰的名单里。指导员和连长商量，杀杀姚猛进的威风——倔强的脾气得转弯。姚猛进爱惜汽车出了名，稍有空闲，他总是洗车、擦车，而且，不让修理工检修保养他的车，似乎汽车是他的女人。他接手的这辆车，三年无事故发生过。逢了春天，沙枣花开，他摘一束沙枣花，插在驾驶室里，香气弥漫。战友说，老姚想老婆了。他拍拍车头，说，这就是老婆。

差不多都是姚猛进的战友，碰到这种场合，不是拉不下脸，而是或多或少同情姚猛进。指导员发动大家“斗”，大多数是“劝”——劝合不劝离。

姚猛进开车很灵活，嘴巴却笨拙，他站在台上，板着个脸，像是在驾驶室座上盯前边的道路，憋不住，就狠狠地说一句：“我的车咋能随便让别人开？！”

突然，他老婆立起，好像抱着个沉甸甸的大麻袋一样，微微喘息，说，我来说。

一片男人里站起一个女人，还腆着个大肚子，男人们立即鼓掌。

指导员两手做一个制止的动作，说，这是斗争会，严肃点。又对离姚猛进五六米远的老婆说，徐开香同志，你说。

徐开香指着姚猛进说，你以为你是驾驶员就了不得了，我也是驾驶员。

百八十号的会场，顿时出奇地宁静，所有惊诧的目光都投向徐开香，像开车的途中遇到障碍，能听见角落里发出的一个声音：看不出，她也会开车？夫妻俩跑长途就不用歇车了。

徐开香咬一咬嘴唇，说，你参军走了，一走五年，也不给捎个信，你爷爷奶奶老了，我公公婆婆身体垮了，婆婆天天到村口望，一天一天，一月一月，把眼睛也盼瞎了。你两个弟弟，一个妹妹，都穿开裆裤，土改分了地，老的老，病的病，小的小，我一个人，里里外外操劳。你说说，我一个农村妇女，怎么过？你参军打仗，是死是活，家里人都不敢提起你，你说说，我是不是驾驶员，老老少少一大车。

姚猛进抬起头，看看老婆，又低下头。

不知谁咳嗽了一声。

徐开香抚一抚隆起的腹部，说，你说来说去就这两句，车咋能随便让别人开？车咋能装别人的货？你不识字，也该托人写个信吧？收到消息，我就来了，还替你在爷爷奶奶的坟头烧了纸钱，告诉老人家该放心了。

指导员说，老婆的话装进耳朵了吧？

姚猛进转脸瞅了一眼指导员。

指导员说，姚猛进同志，你要像爱护汽车一样爱护老婆。姚猛进没错，可是，该转弯时也要转弯，再转不过弯来，还要继续开会斗。

当晚，姚猛进卷起铺盖搬进了老婆那个地窝子。马灯光线朦胧。他发现，门板上，床头上，都贴着红红的剪纸，他想起五年前洞房花烛夜，新房里窗户、墙壁、门板都贴着徐开香亲手剪的喜庆剪纸。

第二天，他就跟随部队离开了村庄。她站在欢送的人群里，用手擦了眼泪，喊，等你回来。

这就是我小学同连队同课桌的同学的爸爸妈妈的故事。连队职工叫他妈妈为女驾驶员。不知怎的，姚疆没有弟弟妹妹。

连队职工背地里说，紧急刹车了。我听到过各种版本，但那两句话一字不差。幸亏他长得像他妈妈。不过，说实话，一点儿也看不出他和爸爸之间有疙瘩，他叫“爸爸”叫得很自然、很亲热。他爸爸是农场运输连的副连长，有一回放学后下大雨，一直下到傍晚，他爸爸带着伞来接他，还背着他，他打伞，故意馋我们。

意　　见

那天，下雨，我们待在地窝子里。外边泥泞，不能下地干活。下雨天就充当礼拜天。

连里的文教冒着雨在门口点我的名，说指导员找你谈话。

我心里咯噔一下。顶着雨，踩着泥，好像我的心里雷鸣电闪：找我谈话，是不是我犯了什么错误？

我在连部办公室门口，淋雨，犹豫，还是鼓起勇气叩开了门。

门立刻打开。一见刘指导员的表情，我就放松了下来。

指导员客气地给我拉过来椅子。我刚落座，指导员说，沙漠那么大，我也不拐弯了，趁下雨，我给你介绍个对象。

赵排长，我碰上过几回，也没说过一句话。据说，他是“九·二十”起义国民党军队里的老兵。指导员罗列了他种种好处，心眼好，老实敦厚，还能干。

那是1954年，我已满17岁。赵排长比我大14岁。我嫌他年龄太大，胡子拉碴，像个老头儿，实在不般配。

指导员说，大了也好，大丈夫疼小媳妇嘛。

我咬住嘴，不吭。这件事来得这么快，我连思想准备也没有。

指导员说，组织上考虑再三，你也表现不错，特别值得表扬的是，你的组织观念比较强。

我说，个人问题，我暂时还不想考虑。

指导员说，怎么能不考虑呢？你不考虑，组织上得考虑，要在这里长期扎下去，将沙漠变成绿洲，没家怎么行？你们也得替老兵考虑吧？

突然，我立起，脱口冒出一句：谁敢给我介绍对象，我就骂谁。

指导员闹了个红脸。

我出门的时候，听见背后响起话：这个小马，平时温温顺顺，想不到脾气还不小。

过了三天，同住一个地窝子的小张，她积极进步，悄悄问，你哪里出错了？

我立起，像列队那样，说，你发现我哪里有错？

小张笑了。

我说，你把我笑糊涂了，你有意见就说嘛。

小张笑得更响了，说，我咋能对你有意见？

我还是觉得我犯了啥错误，小张的葫芦里卖的什么药？过了一个礼拜，小张传令，指导员叫我。顿时，我醒悟，指导员通过小张做我的思想工作。

赵排长坐在指导员办公室里，他站起来，要说什么，却咧着胡子拉碴的嘴巴笑。

指导员不说也不笑，他走出去，竟然带上门，我听见锁门的声音。我想喊，但里边还有人呢。

我听见赵排长喘气，终于，他问，小马同志，你对我有啥意见？

我说，我跟你没打过交道，能对你有什么意见？

他说，我就是希望你对我提啥意见。

我说，没意见，咋提？

一阵沉默。我望着门，不看他。我起身，扭门，门反锁了。他笑了，又收住笑，好像他已知道会这样。

钥匙在锁里旋转的声音。

指导员手拿一把锁，一张纸，走进来，说，小马，按个手印，你回宿舍。

我恨不得立即脱身，稀里糊涂地在表上按了个手印。我发现，已经有个红手印率先按上了。我没弄清，那是一张结婚登记表。

一个月后，我们那个地窝子腾出来当婚房，一共五对。指导员主持婚礼，祝贺我们五对新郎新娘。两个铺盖合并，还安排了文艺节目，摆了红枣，花生、桂圆、瓜子、糖果等，图个吉利，早生贵子。指导员说，垦荒第二代的希望就寄托在你们身上了。

演出时，我悄悄地走出地窝子，繁星满天。我来到马厩的草垛，哭了一阵。

婚后第二天，仍去垦荒。指导员来地里检查，说，新娘，我给你提个意见。

我怀疑，这个意见的说法，是由小张传过去的。我说，我接受，什么意见？

指导员笑说，谦虚是好作风，不知什么意见就接受，你要学习文化呀。

我说，指导员，我要识了字，能按那个手印吗？！

指导员说，你看看你，说过去的话，你又把它说回来。

赵排长老家在甘肃农村，重男轻女，他盼望要个儿子。可是，我头一个生了女娃，好像我犯了个大错误一样。他说，生丫头，你一个鸡蛋也没份。

月子里，我下床做饭，在冰冷刺骨的水里洗尿片。我一肚子意见，向谁提？他积极地让我怀上第二个孩子，我不想再遭罪。我抢重活儿干，拉土、挑泥，可是，孩子稳稳地扎了根一样，顽固地在我的肚子里，坠不掉。结果，又是个女娃。

他发火，找碴，甚至动手打我，说，你这块地就长草，长不出像样的庄稼。

我已抽空识了字，勉勉强强打了个离婚报告。他不签字。我要指导员给我做主。

指导员说，锅锅铲铲还要磕磕碰碰呢。

我坚持离婚，说，脚不合鞋。

大概指导员背后替我做了他的思想工作，他回到家，不再骂了，还做些家务，就是不抱两个女儿，不冷不热。我又怀上了，终于生了个儿子。他换了个人一样，整天抱着儿子亲不够，还赶到十几里外的巴扎买了鸡蛋，号召我吃，说是吃了下奶。

我对儿子说，儿啊，娘沾了你的光，没你，我都不知日子怎么往下过了。

老赵不嫌脏，他替儿子擦了屁股，还去响亮地亲，说是香。

我把两个女儿叫过来，仿佛我们受了委屈，现在，我有了底气，憋了四年的话，我吐了出来。

我说，老赵，我给你提个意见，我代表你两个女儿给你提个意见。

老赵的胡子已刮干净（这样不至于扎儿子），说，你们娘儿几个联合起来，要给我们提意见，啥意见？

我说，当初你要我对你提意见，我没意见，这几年我有一肚子意见。你那脑袋里有问题，重男轻女，要是我不生这个儿子，你会这样吗？

老赵托举起儿子，说，这不是生了吗？你的意见，我嘛，虚心接受，儿子，是不是？

我说，儿子还不懂事。

老赵做出认错的姿势，说，你的意见，我嘛，虚心接受。

我发动两个女儿，说，你们也叫爸爸来抱。

空 磨

1959年3月，赵场长派牛国平到养禽队当队长，他雄心勃勃地买来了一万只小鸡。顿时，养禽队像一棵栖满鸟儿的大树。只不过，不是鸟儿，而是小鸡。小鸡的叫，仿佛来自树上，高处传下来，声音似水位一样漫上来。

看着毛茸茸、黄灿灿的小鸡，牛国平就畅想，小鸡长大了生鸡蛋，鸡蛋再孵小鸡……这么多鸡生蛋、蛋孵鸡，整个农场的伙食就大为改善了。

牛国平住在鸡舍旁边搭的一个窝棚里，早早晚晚和小鸡一起。场部调拨了鸡饲料，他还发动职工种高粱和玉米，打碎了玉米拌鸡饲料，小鸡长得一天一个样。有时，他对着小鸡吹气，恨不得把小鸡迅速地吹大，像孙悟空拔根毛，一吹那样。

赵场长来养禽队检查，说，你不是牛队长了，是鸡司令，比我管的队伍还大。

过了一年，牛国平发现，粮食开始紧张——职工的口粮成了问题。小鸡的饲料很快断了来源。他紧急发动职工，撸稗子、挖野菜，掺在仅有的饲料里。过了不久，主要喂野菜了。

小鸡的生活转眼间从“天堂”跌入了“地狱”。小鸡的肚肠不适应，就拉稀，白白的稀屎。随后的几个月，他眼看着小鸡一天一天死去。早晨起来，鸡舍里总是躺着小鸡僵硬的尸体。他甚至联想到翻越祁连山冻死的战友。

不过，小鸡不是冻死的。那几天，牛国平频繁跑场部，请兽医给鸡治病。索性给兽医腾出连部的办公室，常驻、蹲点。给小鸡吃了药，还是阻挡不住死亡——牛国平称为减员。

牛国平说，这像大“扫荡”，可是，看不见敌人，看见了，我非消灭它不可。

兽医说，不是病，饥饿不算病。

牛国平心疼，他说，我宁愿自己挨饿，也要救小鸡。

兽医说，据我所知，场部原来的饲料已充当口粮了。

牛国平说，我找场长，人咋和鸡争饲料？

兽医说，场长也发愁，他首先要考虑人，你不要给场长添麻烦。

年底，牛国平总算保住了剩下的2000只鸡，已有小公鸡开始打鸣了。他自己瘦了一圈，脸却肿起来——浮肿。

1960年1月，场（后改为团）里召开畜牧大会。会议的主题是，总结1959年度畜牧工作，布置1960年度畜牧工作计划。牛国平参加了会议。

1月8日，会议议程是总结，会议开到晚上八点半，场部小食堂的司务长来催促开晚饭，不然，饭菜就凉了。

主持会议的赵场长板着脸，说，总结还没总结好，吃什么饭？！不吃。

战争年代，牛国平当过赵场长（那时是营长）的警卫员，他悄悄地对邻座说，赵场长要收拾人了。

牛国平料不到赵场长点了他的名字。他起立。

赵场长说，牛国平，去年你把鸡养得饥寒交迫，一万的队伍，在你的手里死了八千，你咋养的鸡？

牛国平本来就窝着一肚子火，像个炸药包的捻子，一点就燃，冲着台上说，赵场长，巧妇难为无米之炊，场里断了配给的饲料，只能喂野菜、苜蓿，我恨不得把自己剁了喂鸡。入冬了，给鸡舍打了火墙，没让鸡受冻。

赵场长说，石头罐当饲料？你还发明给鸡喂石子，那不是把鸡喂死了吗？

牛国平欲申辩。

赵场长黑下脸，说，散会，开饭！

牛国平草草扒了饭，也没注意吃下了什么。场长叫他到小会议室，说，你的牛脾气又犯了，你不顾影响，在大会上跟我顶牛？

牛国平不服，说，我急了，赵场长，我看着小鸡一天一天减少，我难受得不行，征求兽医的意见，往鸡食粮里放小石子，帮助消化。

赵场长说，乱弹琴，你这是病急乱投医，鸡肚子空了，还帮助消化？那不是推空磨吗？

牛国平说，大家都在推空磨。

晚间，继续总结。赵场长说，怪不得牛队长，是我在乌鲁木齐学习了三个月，不了解情况。

牛国平后悔，不该顶牛。散会后，政治处的刘主任叫他到小会议室。

刘主任严肃地说，牛国平同志，你作为党员干部，公然闹会场，现在我决定，你停职反省。

会议结束后，牛国平留下来，安排住在招待所一个房间，场里派了两个警卫站在门口。一连八天，他每天阅报、吃饭、睡觉。他还没有这么空闲过，他的耳畔，半夜时不时地响起鸡叫。养育队离场部有两公里，睡前，他习惯了在鸡叫声中入眠，那么寂静，他反而睡不着。

第八天，曾是战友的组织科肖科长又来了，说，牛队长，这么多天，你也不写反省材料，还待着干啥？回去吧。

牛国平说，说关就关，说放就放，没这么容易，你说了不算。

肖科长笑了，说，牛队长，你吃亏就吃在这个脾气上，养了你八天，你倒摆起架子了！

牛国平说，要赵场长来亲自叫我走，反正我不当鸡司令了。

肖科长离开不多一会儿，赵场长来了，说，你还赖着不走呀？我这儿可不养闲人。

牛国平说，那个鸡司令我不干了，也干不了，我有天大的本事，也保证不了剩下的鸡不减少。

赵场长说，甩摊子？小牛，你还来劲儿了？你这个放羊娃，当年还屁颠屁颠地跟着要参军呢。现在，你要离队，我不留，当年放牛把牛脾气也给染上了？

牛国平敬了个军礼，说，赵场长，我再也不顶牛了。

赵场长笑着说，该顶还是要顶，但要分场合。

盐 碱 滩

朵朵听了好一阵子，终于听出了眉目。爷爷、奶奶、爸爸、妈妈的口中频繁地说一个词：盐碱滩。奶奶、爸爸都拗不过爷爷。似乎爷爷瞄准了靶子——开弓没有回头箭。爸爸几次强调，都拿那一片盐碱滩没办法哪。

爷爷说，我这副老骨头慢慢去磨，我就不信种不活树。

爸爸要求跟爷爷一起去。

爷爷做了个否定的手势，说，你忙你的工作，你把树苗拉去就行了，叫朵朵陪着我。

朵朵正在欣赏奶奶种的盆花。奶奶招朵朵过去，对爷爷说，你要服从朵朵的命令。又对朵朵说，朵朵，你要管好爷爷，爷爷身上有弹片，一累就疼。

出发时，爷爷穿上不知什么年代的旧军装，黄不拉叽，肩上还有襻扣，像出征一样，扛着一把坎土曼。他不知从哪里找来一把工兵铲，像颁发枪一样，交给朵朵。爷爷说，下命令吧。

朵朵用大人的口气喊，出发。

出了城。爷爷用商量的口气说，朵朵，这一次你听我的好不好?

朵朵仰脸看着爷爷说，为啥?想篡权?

爷爷说，你不熟悉地形，咋指挥我?

朵朵眨眨眼，说，好吧，种树，你指挥；其他，我指挥。

进了盐碱滩，起初，朵朵每一步都狠狠地踩。碱壳发出脆生生的爆裂声，走起来很费劲。朵朵说，爷爷，你背背我。

爷爷笑了，说，指挥员走不动了，咋带兵打仗?

朵朵说，谁说走不动了，我想站得高、看得远。

爷爷说，对对，纵观全局。

爸爸的轿车已停在盐碱滩旁，开不进，已把一捆树苗扛进盐碱滩中央，还有两桶水。爷爷说，你忙你的去吧。

爷爷挥动坎土曼挖坑，偶尔还往手心里吐几口唾沫。朵朵的工兵铲使不上劲，她拿着一株树苗等在旁边。爷爷说，树苗的窝得挖好。

朵朵那嫩白的小手（手背上还有小酒窝）扶着树苗，直直地扶着，爷爷往坑里填土。一会儿，小树苗在一个小土堆里立住了脚。朵朵用葫芦瓢往土堆浇水，说，小树苗，好好喝，快快长。

那一天，栽了一片树苗。朵朵的小脸被晒得红扑扑的。

爷爷说，像秋天的红苹果。

朵朵问，这些树开什么花?

爷爷说，桃花、梨花、沙枣花。

朵朵说，我命令它们通通开花。

爷爷说，到时候花儿朵朵，蝴蝶、蜜蜂也会来。等快要开花了，我向你汇报，你再下命令。

朵朵模仿爷爷离休前的语气，说，你要及时向我汇报。

爷爷对站在树苗前的朵朵敬了个军礼，说，是。

可是，过了半个月，树苗不见发出绿芽。朵朵一副思索的样子，问，是不是土地不肯接受树苗？土地反对还是拒绝树苗？

爷爷说起1941年，开辟抗日根据地的艰难。起初，老百姓也不接受八路军，躲避、害怕，最后，军民鱼水情。

朵朵说，根据地跟盐碱地有啥关系，打仗和栽树是两回事。

爷爷说，我有办法，叫土地高高兴兴地接受树苗。

爸爸也来协助爷爷灌水压碱。朵朵把这个办法称为盐碱地渴坏了，喝饱了水，就不反对在它身上种树苗了。爷爷提示说，盐碱太重，树苗受不了，水能把碱压下去。

果然，第二批栽下的树苗，长出了一片一片的嫩绿的叶子，像小手一样在鼓掌。其中，爸爸还移植来几株粗壮的树，据称当年就能开花结果。爸爸说这是一种示范，让小树苗活得有信心、有方向。

几株粗壮的树开出粉红的、雪白的花朵，不知从哪里飞来的蜜蜂在花丛中忙碌。爷爷像个讲解员，讲着未来的结果，香梨、桃子、沙枣。

朵朵看见有花瓣凋零，说，我要它们一直开着花，开不败。

爷爷说，花只能看看，不能吃。

朵朵说，蜜蜂咋喜欢花？

朵朵说，蜜蜂采花蜜。

朵朵咬定，说，我就喜欢花，反正我喜欢花。

爷爷为难地说，要是做思想工作能叫花不败的话，我试试。

朵朵说，啥思想工作？我要花一直开。

爷爷说，我劝劝花，可能劝不住。

中午，太阳悬在当空。朵朵捡了一捧树下的花瓣，似乎责怪爷爷失职，说，你看看。

爷爷要抱起朵朵，朵朵跳开。爷爷摊摊手，说，朵朵，花呢，劝也劝不住。

朵朵一本正经地说，爸爸告诉我，以前，好多好多扛着枪的叔叔，都听你的指挥，你是故意要树结果。

爸爸说，花跟人不一样，对花来说，命令不管用。

朵朵说，你根本就没有到树跟前去过，你在屋里打瞌睡。

爷爷说，烈日当头，屋里凉快。

朵朵转身出门，像一只蝴蝶，飞向大树。爷爷跟出来，喊，太阳太大，现在，你的位置在屋里，指挥员不能直接上前线。

这就是我和爷爷的故事。朵朵这个乳名是由爷爷起的。我上小学时，那片盐碱滩已成了果园。后来，好多叔叔阿姨都来栽树，各种树像整齐排列的队伍，站满了原来的盐碱滩。相当长的时间里，尽管已是果园，可人们还是习惯称其盐碱滩。比如说哪里摘来的果实，人们会说，哦，盐碱滩的味道好。

每年春天，花开满园，我都会去。爷爷的坟墓就在果园旁边。有一次说起爷爷，爸爸说，朵朵，爷爷宠爱你，可是，你对爷爷很霸道。我说，爷爷喜欢我命令他呀。

她

我的目光搜寻预期的车。不是拖拉机，起码也是马车。一阵吹喇叭式的“昂叽昂叽”毛驴的叫，把我惊了一下。一个老头儿走过来，背后跟着一头毛驴，毛驴拉了一辆胶皮轱辘车。他没牵缰绳。

老头儿说，你就是分到十八连的学生娃吧？

我莫名其妙地失望。

老头儿帮我把行李搬上车，要我坐上去。车底板上垫了稻草。他背着手走起来，毛驴跟在他背后，那架势，他像是个干部，毛驴是个勤务员。

1974年，我从农场职工子弟学校毕业，首届高中生。我报名到最艰苦的连队去。

过了场部前边的红桥，转入机耕路。老头跟在车后边。车轮碾起干燥的沙土，他跟着烟似的沙土，不是在吃土吗？我不好意思，要他也坐上来——其实，我还担心，他不掌控毛驴，弄不好，毛驴车翻进排沟渠里了。

他往前挥挥手，像是送我走，说，我坐上去，她受不了。

我不忍看他。毛驴显然熟悉这条路，有一段，大概下雨凝结起了碱土，留着槽似的车辙，驴蹄“嘚嘚嘚”地响。回头看他，他穿着翻毛大头皮鞋，身体前倾双手背着，像是荷重，其实是驼背。

我望见沙漠。沙漠边缘，连队仿佛还没舒展开来。进入连队，他绕到前边，也没牵系在毛驴脖子上的缰绳，说，你不要老想着回马圈，跟我来。

毛驴就跟着他，到连部。他停下，毛驴也停下。然后，像开了高音喇叭一样，毛驴“昂叽昂叽”一阵叫。

连长闻声出来，说，大老刘，接来了，好哇好哇。

我被安排在连队当文教，包括宣传报道以及大批判墙报。连长要求广播里有我们连队的声音——当然指我们连队的“新闻”在场部的广播里报道出来。他说，新组建的连队离团部远，七分干，三分唱，光干不唱也不行，生产要上去，宣传要跟上。

春耕春播战役即将打响。地里也架设了喇叭。我搜集先进事迹，团部的广播传到田间地头，我听着自己写的“新闻”，总不相信这些事发生在身边，即陌生又亲切。连长拍拍我的肩膀，说，好好干，有你的。

不久，就有职工给我介绍对象。我考虑“前途”，委婉谢绝。连里有规定：接受教育不满三年不准谈恋爱。

热心的婆婆妈妈说，眼界不要太高呀，不要受大老刘的影响了。然后，又说，有一个对象，大大的眼睛，双眼皮，穿着黑亮黑亮的毛皮大袄，脚蹬皮鞋，你看好不好？

我疑惑。连队里还没见过这个姑娘，何况初夏？

一个女职工说，十全十美，就是大老刘的毛驴了。

我想到该去采访马厩里默默无闻的饲养员大老刘。大老刘爹娘死得早，他在老家给地主放过毛驴，后来被抓了壮丁，参了军，最后成了解放军。讨过老婆，老婆难产，他又成了一条光棍。看去像个老头儿，皱纹多，背还驼，其实也就四十五岁。

傍晚，我进了连队的马厩。都是马，在槽头食草，一片嚼草的声音。我以为我进错了门——草料槽前的走廊尽头一间土坯房里，迎面站着那头毛驴。马厩里唯一的一头毛驴。

大老刘在毛驴背后，正烧饭，说，来，坐。

我几乎被一股浓郁的气味给呛出来，莫合烟、驴粪、干草、炊烟、汗水混杂在一起的气味，似乎在发酵。我不能退缩，那意味着资产阶级思想作怪。

大老刘说，饭吃了吗?

我没吃，却说，提前在食堂里吃了。

大老刘说，她先吃起来了。

我虚坐在木板拼起的床上，因为板子发出响声。毛驴在吃干苜蓿，苜蓿里掺了苞谷粒。渐渐，我的屁股放松了——坐实。我说，这毛驴咋……

大老刘咧嘴笑（我第一次看见他笑），说，她算是我的家庭成员吧，她矮，马槽高，她够不着，跟马在一起，她还不习惯。

我发现毛驴浑身上下，正如婆娘们所描述的：大美人的标准。我笑了。

大老刘说，我这个人嘴巴笨，你也见识过了，她常常代表我发言。

我写大老刘爱牲口如亲人的事迹在广播里播出不久，大老刘出事了。有人说是他挖社会主义墙脚，把精饲料——苞谷，送给寡妇，跟寡妇有“男女作风”问题。

我不愿我推出的先进一下子就倒了。他说，我们只是有一点意思的苗头，她有情有义，不能黑了人家的名声，寡妇门前是非多，没到别人说我们那样的地步，也就是相互关心。你看，这就是她给我打的毛线背心，晚上，我给添夜草，穿着暖和，我嘛，给她……唉，把牲口吃的苞谷给她，我克扣饲料……我的觉悟低，可是，她养了三只鸡，农场规定一家只能养三只鸡，她的孩子要吃鸡蛋，鸡吃不好，咋有蛋？

这是我和他接触过程中，他说得最多的一次。我听说，有几个年轻的职工提出要吃毛驴肉。

大老刘拍拍毛驴，说，你到走廊里去散步，我跟文教员聊聊闲话。

等到毛驴出门，他说，除了不会说人话，她啥都懂。

连里，也有谈话回避制度。我看着大老刘，一副低头认罪的样子。我表示给领导反映，替他说说情。

大老刘说，我牵连了她，我害了她，那几个小伙子杀毛驴，不如先枪毙我。

我说，你慢慢说，不至于那么严重，你兢兢业业饲养连队的马，有目共睹。

大老刘舔舔干巴巴的嘴唇，说，这一回，我害了她，我知道，我要是常去寡妇那儿，闲话多，我有事就托她，她懂我。我把一小布袋苞谷吊在她脖子上，像小学生背书包，她到寡妇门前，不叫，只是用蹄子轻轻踢踢门，不暴露目标，她回来，小布袋也不空着，有时几个鸡蛋，有时几个烙饼，寡妇烙的饼特别香，我叫她把鸡蛋帮我还回去，我这么大的人了，还吃啥鸡蛋，没料到，她的行动被人发现了。我承认，是公家的苞谷，可她是我俩关系的红娘。

我察觉，说起这头毛驴，大老刘始终用的是“她”这个女性的称谓。我回顾了一遍，他说女人，用的“她”的称谓发音跟提起毛驴使用的“她”一致。

这时，毛驴推开门——头顶开，进来了。大老刘仿佛向毛驴打了招呼，说，我和文教聊完天了。

毛驴的眼睛眨一眨，纯洁、美丽。

我忽然对她说，我们背后可没说你坏话哟。

渴 望

突然，我们发现远处，不是熟悉的毛驴车，而是有个人牵着毛驴，沿着我们五人测量小组打的导线走来。我担心人和驴会被烤化呢。戈壁荒漠人迹罕见，会是谁呢？走近了，原来是我们测绘队的指导员陆远。

我们顿时来了精神，从沙丘上的红柳丛“凉棚”里钻出来，围着指导员和毛驴，说，指导员，咋是你？送水的老刘呢？

指导员像安慰嘴巴那样，舔舔嘴唇。他本来就结巴，逢了高兴，他就憋住话。他给我们带来四样东西：水、鞋、火、信。

先说水。

沙漠边缘勘测（开垦前的准备）最怕缺水喝。我们早晨出发，每个人都携带着两军用水壶的水。到了中午，沙子热得能煨熟鸡蛋，水壶早已空了。往往这时候，测绘队食堂的老刘几乎很准时，赶着毛驴车来送水。

烈日下，能乘凉的就一个“凉棚”。老刘没送来水，我们口干舌燥，嗓子冒烟。我几乎能感到烈日、沙子正在抽干体内的水分。

大个子王守堂，似乎要守护堂堂的身体，他很胖，提出，既然毛驴车不来，我就去迎接毛驴车，那么，离水就近了。

可是，还没走出我们的视线，他就像一棵粗壮的胡杨树一样，倒下了。我们赶过去，他口吐白沫，呼吸急促。

我急中生智，说，给他灌点尿吧。

王守堂平时讲究卫生。组长李奇伟说，他能接受吗?

王守堂已晕得迷迷糊糊了。赵工程师说，管他那么多，救人要紧。

李组长说没有尿。我也尿不出。赵工程师往水壶里尿尿，果然奏效。不过，我们统一口径，不对王守堂说出用尿救命的秘密，只说是赵工用水壶里节省的水救了他。

我们只得躲进“凉棚”等待，养精蓄锐。所以，一见毛驴驮着的封闭着的两个大水箱，就用水壶接了水，喝得胃也像皮水袋，发出了悦耳的水响。我们的目光落在指导员背上一个背包上了。

再说鞋。

你们跑、跑、跑戈壁，走、走、走沙漠，鞋底磨、磨得快，怕是快、快、快磨得磨、磨穿了吧，我口内老、老家寄来五双布、布鞋，应应急，你们试试脚，谁合脚就、就谁穿。指导员结结巴巴地说。

我听着也费劲。不过，一穿，挺合脚。这五双布鞋，尺码稍许不一样，似乎纳鞋的那个女人在猜测穿鞋的男人的脚——总有一双合适。唯独王守堂的脚，一双布鞋也穿不进，布鞋仿佛排斥他。

指导员说，你的脚、脚、脚长度够了，就是太胖。

王守堂看中了队部的一个女兵小张，可是，女兵嫌他胖。他曾把男女关系比作脚和鞋的关系，他说，鞋合不合脚，穿上了，脚最清楚。所以，他对指导员的话敏感了，他说，这些天，我的身体水分急剧下降，瘦了不少呢。

自从加入了测量小组，我就戒了烟，因为沙漠里阳光是火，莫合烟也属火，火和火，就是炎。畅饮了水，尽管水火不相容，指导员像是看出我心中点燃的火——这时候，抽一根烟，多么舒坦呀。

第三样东西：火。

指导员从背包里取出莫合烟和报纸，我和他各自熟练地卷了莫合烟。我本能地摸口袋——为了戒烟，我放弃了火柴。我衔着烟，做了个找“火”的动作。

指导员捡来一根枯死的胡杨树枝，拿起一个导线桩，摩擦着两个“木”，随着频率加快，突然，木和木生出了火苗。他点了烟，再递给我“火”。

我美滋滋地吸了一大口，火与水融合，我朝着热烘烘的沙漠吐了一口烟，说，指导员，你咋能发明火？

指导员吐了个烟圈，说，这一招，是在战争年代学、学、学……和平时期也用、用得着、着。

我又在指导员那里学了一招。

指导员的手伸进背包——他那个背包随身携带，总是能出其不意地实现你脑袋里起的念，不过，这一回，怎么能想到沙漠里出现——

第四样东西：信。

“临来前，小张把这一封信件交、交、交……”

王守堂眼发亮。

“交给我，好、好叫你们开……开、开心。”

王守堂夺过指导员手上的信。

有我三封信——老家的父母替我操心，介绍村里的姑娘，其中还有一张照片。照片已在途中走了好多日子了。

王守堂失望，说，咋没人给我信？

指导员说，你主动写过信吗？

王守堂嘀咕，这么近，写啥信？

我们其余四人，各自沉浸在收到的信里。突然，听见王守堂一声叫，我以为他发现了他的信。他像举一面小旗帜一样，摇摆着信，说，拆不拆开？指导员？拆不拆开？

指导员注视着那封信，说，开……开……

第一个“开”字还拖着音，王守堂就拆开了信的封口。

指导员继续说，开、开什么玩、玩笑。

跟我一样，指导员在老家也有一个对象。我们要求指导员亲自念。他一念信，就不结巴了。

那个姑娘姓杨，1943年，她当了村妇女会主任，淮海战役，她组织村里的妇女做布鞋、筹粮食送往前线。那年，指导员还是个排长，战斗中负伤，她抬着他到后方医院。他俩是同一个乡的。指导员进疆后，屯垦戍边，没接受组织安排的对象，他写了几封信，终于联系上了她。她立过三等功，已是乡妇女会主任了。

这一年是1951年，她来信说，新疆军区在山东招女兵，她已报了名，还要求分配到指导员所在的地方。

王守堂说，指导员，可不怪我，我一听你的命令，我就打开了。

1952年春，她出现在我们测绘队里，我们都笑了，说，见过了。

她疑惑地对着指导员，问，啥意思，哪里见过？

我说，你比我们想象得还要好看。

指导员习惯地舔舔嘴唇，只是笑。我也担心他开口说话，就打岔，向她展示我穿的鞋，说，你纳的鞋禁得住穿。

沙漠里，那一天，太阳西斜，我们扛起勘测仪器。我突然想起了老刘。

老刘坐在老驴车里，热烘烘的太阳，晃悠悠的车子，老刘打瞌睡了。我们测量未来开垦的土地，不断深入沙漠，毛驴没有人指挥，不可能追随我们的目标，迷路一段时间之后，毛驴凭着本能，在沙漠边缘兜了一圈，然后，返回测绘队驻地——食堂。

食堂和队部挨在一起，房顶有一面红旗。指导员接了小张的一沓用细绳扎起的信，他打算交给老刘，送水的时候同时送信。指导员发现了毛驴车上还在睡的老刘。

老刘以为这是梦。不过，他看见毛驴在吃食堂旁边堆起的干苜蓿，他靠着水桶，发现桶里满满的水，他抽了毛驴一鞭子，说，你坏了我的好事。

指导员说，车轮撞坏了，都下车，我来赶毛驴送水。

麻 袋

麻袋扎着口，放在车厢里，我也没看过里边，不用看，我知道这个麻袋里装着56万元人民币。人民币装在麻袋里，我心里装着麻袋。

那是1960年1月22日清晨，那个麻袋放进敞篷车厢，我的脑袋、眼睛就开始注意沿途的动静，我没工夫看风景，只看行人。好像这辆卡车特别惹眼起来，因为卡车上放着一个麻袋，麻袋里装着56万元，全师几万名职工就等着这笔钱过年呢。我总觉得钱能散发出气味，暴露目标，鼻子尖的人一定能闻到，就如同闻到花的香味。

司机叫赵瞎子，是绰号，其实，他心明眼亮，是老司机了，抗美援朝时开过卡车，我是师部财务科科长。押运这一麻袋人民币，师长点名叫我和赵瞎子搭档。

车在路上跳，我在车上跳，心在身体里跳。我摁住身边的麻袋，不让它跳，我能听见里边发出的细微声音。我尽可能不让它响。

忽然，一个急刹车。前进的惯性造成我和麻袋一起撞在驾驶室后的车厢板上。我站起来，麻袋已横躺着，像是知道不能被暴露了。

车头前边的公路上，一字排开，有七条大汉拦路，每个人像是从沙漠里跋涉出来的，衣冠不整，蓬头垢面。车刚停稳，一股沙尘越过车，扑向前。他们蜂拥而上，嚷嚷，水，水。

赵瞎子递出水壶，我也抛下水壶。他们还嫌不够，取下装着水的备用皮水袋，喝成瘪的了，还直叫：渴坏了，渴坏了。

我在车厢上观察，他们已喝饱了，因为身体里传出水响。

一个络腮胡子的汉子噘了噘嘴，说，再找一找。

另一个大个人，鬼头鬼脑的样子，去摸水箱。还有两个扳着车厢，脚蹬轮胎，准备翻上来。

我大喝一声，不准上来。

有个家伙的脑袋已探上来，回头对络腮胡子说，有个麻袋。

我摁住那个脑袋，要是看见麻袋里装着什么，他们还能忍得住吗？我说，麻袋又不能装水。

络腮胡子说，不让看，有名堂。

那个脑袋硬往上探，还说，不让看，偏要看。

我拔出手枪。临执行任务前，我在武装科领了枪。我用枪抵住他的脑袋，说，再敢动，我叫你的脑袋开花。

那个脑袋一下降下去了。七条汉子分散开来，拔出匕首，准备从不同方向向车厢上攀爬。

络腮胡子鼓动着，说，今天我们碰上了一条大鱼。

我12岁参军，历经多少枪林弹雨，什么阵势没见识过？只是小刀和短枪还是第一次遭遇。我沿着车厢内转了一圈，同时，连续开了7枪。子弹在7条汉子的脚下开花，打得碎石飞溅，一溜儿青烟。

七个家伙像被击中了，松开手，在路上像被定住那样，顿时呆愣。一个也没打伤，连皮也没擦着。我已有10年没这么痛痛快快连发开枪了。

赵瞎子几乎在最后一声枪响的同时，启动了汽车，而且，很快加速。我拿着枪，还对着他们。已无子弹。车尾腾起了一股翻卷着的沙尘。远处的沙尘散开，那七个汉子还保持着半包围的格局，仿佛卡车还在他们中间。

阳光折射出匕首的光亮，一点一点地闪耀。

回到师部，太阳已西沉。交接了麻袋。麻袋到了目的地，那麻袋等于任务。我庆幸，阻止了好奇，没让那七条汉子打开麻袋，看了就惹麻烦，我就没那么客气了。赵瞎子像没事人一样，照例去洗车（他的习惯是洗了车，再吃饭）。我立刻赶到武装科，把手枪和弹夹往桌上一搁，说，一共领了7颗子弹，一口气让我打光了，证明人，司机赵瞎子。

十　三　连

我走出绿洲，进入沙漠，好像我身体里的水分迅速地被沙漠吸收。烈日当空，热浪滚滚。沙地上的灼烫通过鞋底传上来。我得避一避。

一片沙丘，像刚揭开的一笼窝窝头。我看看一扇门，一推，门虚掩着。圆拱形的屋顶。我喊了几声，有人吗？只听见自己的问话，本来是一句问话，却弹回来多个问话。空空荡荡，连个凳子也没有。是给新的军垦战士腾出的房子？农场职工也被称为军垦战士。

屋里凉爽，似乎有一股风，在屋内东碰西撞。我想起曾经有一只麻雀飞进我家的房子，发现不对劲，满屋子盲目地惊飞，把尘土、草屑也带动起来。当时，我关住了窗户。

忽然，外边仿佛也有一股风，来接应屋里被困住的风，门吃惊似的张开嘴。

我也惊了一跳。父亲穿着厚厚的棉袄，缩着脑袋，双手对插在袖筒里，冷得发抖。我穿着一件的确良衬衫还嫌热。

父亲说，不好好上学，跑到这里干啥？

我也说不出，确实说不出。书包躲在我的屁股后边。我听见父亲的牙齿在打战，好像屋外是寒冬。我携带进来的炎热已冷却。我的心颤抖，引起我的身体……我畏惧父亲。

有一天夜晚，没生煤炉，我冻得受不了，父亲要我到外边撒一泡尿，我返回，被窝似乎暖和了许多。屋外比屋里还冷。我还是看见父亲畏寒的一面。

现在，父亲的身体舒展开来，他摆出父亲的架子——威严。他说，去给我打一瓶酒。

我巴不得赶紧躲开父亲。父亲的棉袄给我造成错觉，好像夏季一下子跳到了冬季。可是，我出门，热浪扑面而来，仿佛有人对着我哈气。我背后响了一声关门声，像是屋里的风没来得及出来。

我已出不了汗了。我奔跑，因为鞋底传递到脚底的热，像烙铁，我尽量让胶鞋能停留在沙子上的时间短暂些。我闻到橡胶的气味——恐怕脱胶了。

我的脑袋像灌了沙子，却生出一点绿意：我没带钱。

我又往回跑。风正在消除我的脚印。我看见沙丘上，风轻轻地吹过，画出像波纹一样的美妙的图案。

在绿洲里的农场，土坯垒砌的屋子都差不多。有一天半夜，尿憋醒了我，我像梦游一样出门，转到屋门前的高粱秆棚背后（每一家都有，灶间兼仓库），然后，顺时针转过来，梦尾随着我，进了屋，钻进被窝，都感觉被窝被人占了。有另一个人，那个人惊叫一声。灯亮。我糊里糊涂地进了同学的家，而且是邻居的女同学家。床的位置也跟我家一样，只不过气味异样。那以后，我尽量避开那个女生。同一个教室，她一见我，脸就红。

我找不到那扇门，根本没有门的迹象，都是一片大小一样的沙丘。我最怕雷同、重复的东西，包括老师叫我纠正错别字，重写五百遍。我几乎要崩溃——这是最厉害的惩罚。

好像我和父亲处在两个季节。想起那件棉袄，我就像要燃烧。父亲以酒驱寒，可是，他一向滴酒不沾呀。

我在沙丘群里兜圈，甚至拍一拍、推一推沙丘。要是凑巧，就能推开一扇门。沙丘毫无反应。只见风在沙丘之间吹过，吹起轻烟似的沙尘，又将我的足迹抹掉。

我终于发现一块木牌，木牌没有油漆，用墨汁写着：十三连。

十三连显然已有段历史了，那墨迹已淡，仿佛要隐去，留着风吹日晒的痕迹。我到过农场的许多连队，还是第一次知道有个十三连。连队看不出人迹。我猜，是不是本来开垦出了绿洲，沙漠又反扑过来，收复失地?

我不敢久留了。我害怕十三连的寂静，像要出事一样的寂静。我朝一抹绿奔跑，那绿色升起一样，加厚加宽。我恨不得跳进连队的涝坝，如同一个果干放进水中，吸收了水分，恢复原样。

我听见哭泣声，我家门前聚集了许多人。

父亲死了。冻住了一样。

母亲说，你还不过来哭。

我说，爸爸要喝酒。

母亲说，你过来哭。

我哭不出来。我逃学，父亲已没能力揍我了。我的心在颤抖，那里像是风口。

夜晚，我坐守在父亲的遗体前。我担心他可能突然坐起来，板起脸，说，怎么还没把酒打回来？！这点小事你都做不好？！

我问已哭不出泪的母亲，十三连?

十三连不在农场的正式编制之内，正式编制的连队里，都是活人。农场把埋葬死人的地方称为十三连——无碑的墓群大多都是跟父亲一样的老兵（他们把故事都带走）。

小伙伴里，我知道了十三连的秘密。那以后，一个人死了，大人就说他去十三连了。那以后，我就忌讳十三这个数字，却常常绕不过去。

父 亲

相当漫长的学生时代，小学到初中，我都住在家里。那时候，我对书特别感兴趣。就是有故事的书，尤其是战争故事，我们称为打仗的故事。我根本没在意故事跟我在一起。父亲打过仗，他有一肚子打仗的故事。我只注意父亲的身体，因为，要是我出了错——我在外边调皮捣蛋，回到家，父亲不说，仅仅用他的长着老茧的手，随便拍我一家伙，就够我受的了。

在家，我只是防备挨揍，我是个乖孩子。父亲早出晚归，像一台拖拉机，而且是履带式拖拉机，是那种老式的斯大林80号，开进开出，我能感到他的力气通过脚传到地里，整个土坯屋微微震动。还有他粗重的喘息。像在耕耘芦苇根密集的土地。我特别关注他的表情。

父亲起床，就像拖拉机发动，我就醒，可我故意装睡。有一天早晨，他穿雨披。雨披的声音我听得出。他说，今天要下雨。

我装睡，瞒不住父亲。过去，他一声不吭地上工。我相信农场广播的权威——连队大院里接了个大喇叭，我终于有了挑战的机会。我说，爸，喇叭昨天预报晴天。

我的作文里喜欢用“阳光灿烂”，可是，我到学校，军体课（那时的体育课的叫法）时突然下起了暴雨。我为父亲自豪，说，我爸爸果然预料到下雨了。

我父亲的身体实在神奇，渐渐地，我发现，他的身体与农场的广播有好几次相反，每一回，都是父亲准确。父亲的身体就是一个气象站。不过，每一回他发布气象预报，跟他的身体有关：头痛或者腰疼。

父母在对话中，我听出了些名堂：父亲的脑袋里还留着弹片，腰部挨过刺刀。父亲的身体里藏着过去的战争。

战争——打仗，对我们男孩来说，就是好玩。我们喜欢玩打仗的游戏。不过，我也想在同学面前显示一下自己的本事。有一天，我说，爸，你教教我，怎么预报天气？

父亲说，别来烦我，小孩懂个啥？天气有那么容易预报的吗？

我不敢多问多说，我怕他。可是，我还是以父亲的气象站骄傲。那是能活动的气象站。

一天夜里，我听母亲数叨父亲，突击队是年轻人的事，你咋跟一帮小伙子凑热闹？

父亲说，他们两个人也比不过我一个。

第二天，连队的食堂里，打了晚饭，父亲板着脸对连长说，你凭什么，没有征得我的意见，把我列入突击队？

连长参加过解放战争，说，老谢，老革命焕发革命青春，要是不考虑你这个老突击队队员，你还能叫我太平吗？

父亲说，那也得我主动报名。

连长说，那我就把你的名字拿掉。

父亲说，我打日本鬼子的时候，你还在家放羊呢。

连长说，老谢，毛主席说，不要吃老本，要立新功。

父亲说，我现在正式报名。

我弄不懂父亲明明要参加突击队，为什么还要“摆老资格”？结果，不也还是突击队队员了吗？不过，我知道了，父亲参加过抗日战争。

农场的农业生产，总是习惯用战争术语。我听说战争年代，父亲也是突击队队员。春耕春播——突击平地，父亲一身土和汗。傍晚收工回家，他对母亲说这里疼那里酸，早早睡下。

母亲念叨，还充好汉，把自己当成小伙子，逞什么能？

父亲丢出一句“烦什么烦”，呼噜就响起了，仿佛拖拉机又发动起来。父亲一累就打呼噜。

我的记忆里，父亲有使不完的力气。我念高中住校，他明显衰弱了，似乎力气不如以前，转移到土地上边，收不回来。我考入师范，然后，他离休。我和父亲，几乎没有面对面地坐着交谈过。我参加了工作，当教师，偶尔回来，他坐着，似乎有话要说，可是，我已经习惯了我和他之间的状态——沉默。唯一的情况是，他再也不会挥动巴掌对待我了。我匆匆来，匆匆走。就像他当年早出晚归，他跟土地打交道，我与学生打交道。

回来，父亲卧床不起，已经用不着住院了。每一次，我回家，他伸出手，仿佛有话要说，却已说不出话。我把他粗糙的手放进被子里——别着凉。我时不时地替他翻转身体，似乎什么姿势都制止不住疼痛，只不过，他的身体不再是气象站，仅能反应疼痛，又确定不了哪里疼。过去所有的一切，都集中爆发，但跟气象无关。

后来火化，我捧着骨灰盒。骨灰里有一枚弹片，小手指指甲盖那么小一片，它在父亲的身体里待了半个多世纪，已成了身体的组成部分，像拖拉机里一个小小的垫片，却起过作用。那么魁伟的身体就化为盒中的骨灰，像沙尘，那么轻那么轻。遗物中，我发现一本20世纪50年代初发给他的残疾军人证。

农场里，像父亲这样的老兵多了去了。突然我想到，我参加了工作以后，父亲像要对我说什么，可是，我总是不给他创造机会。我还以为这就是我和父亲的习惯状态，唯有我有遗憾。

有一次，我遇上父亲老首长的儿子，我问，你父亲给你讲战争时代的故事吗？

他摇头，老头子从来不讲过去的事情。

我心里紧了一下，我已失去了机会。骨灰盒，默默无声。父亲的身体像拖拉机，熄火，永远熄火了。他的去世，其实是把故事也带走了——永远不讲出来也讲不出来了。

石 子

他踢一脚那个石子，然后，去追那个石子。

石子仿佛是个刚刚会跑的孩子，特别喜欢跑。

石子停在不远的地方，他赶到跟前，又踢一脚。石子穿过马路。

石子像一只过街的老鼠，而他像一只猫。

紧急刹车，司机的脸探出车窗外，说，横穿马路，找死呀。

他盯着石子蹿去的方向，绕过车头。石子被挡在对面的路肩下。他用鞋尖挑起石子，又一脚。

石子沿着人行道跳跃着，先急后缓。

他沉着地追上去，目不斜视。街上所有的一切，他都置之度外，甚至，迎面而来的人，也不得不给他让道。

石子似乎要躲避他。他还是在人行道的绿化带里发现了石子。他不用手捡，仍是用鞋尖钩。钩出来，便踢一脚。

显然，石子常常偏离方向。可是，看不出他要把石子踢往哪个固定的方向或位置。似乎石子逃往哪里，他就追到哪里。穷追不舍。

我也观察过几次。他没有时间概念，直至夜色渐浓，找不到石子躲在什么隐蔽的地方了，他抬头，环视一下周围的环境，似乎确认自己在什么地方，然后，往家走，不过，他仍旧低着头，好像仍在寻找那个石子，或者，要发现石子的同类。

我猜，我这位初中时的同学，是不是孤独或寂寞了，儿时被压抑了，现在觉醒，玩踢石子，这是一种一个人可以进行而且可以尽情继续的游戏。无聊至极，他却能获得乐趣。或许，他踢的石子，有某种标记（花纹），唤起了他童年的记忆？

他的妻子说，那不过是普通的鹅卵石，可能是拉石子的车颠掉的石子，或者是建筑打地基遗留的石子，郊外的河滩上到处都是这样的鹅卵石，只不过他见了石子，像着了迷，盯住不放，也不知要踢到哪里。

河滩的鹅卵石，千年万年之前，曾是山的一部分，某一次地壳运动，山崩地裂，或是山体分化、解体，然后，遭遇山洪暴发，棱角分明的石头，受洪水的冲击，摩擦、碰撞，分裂为无数大大小小的石子，慢慢移动，形成了圆滑的鹅卵石。它们又成了城市的建筑材料。

我关心的是什么时候起，我的这位老同学对石子发生了兴趣。

他的妻子终于说出，是从潘老师逝世的那一天起。潘老师是他小学时的老师。同时，也是我和他中学时代的语文老师。我参加了葬礼，我的同学没到场。据说，潘老师的葬礼不久，他提前一年退了休。退休前，他是初中语文教师。

他踢石子的行为就发生在潘老师的葬礼之后。连学生也看见了。他讲课时不时丢三落四，心不在焉，甚至教科书也遗忘在办公室。他看见操场上的石子，也不放过——一脚一脚地踢，他忽视了学生在观望。他本来是教学的骨干。继续任教已不可能了——病退。

渐渐地，他踢石子成了一道小小的风景，很多过往的人看稀奇。人们看不出其中的名堂，渐渐地，也不当他一回事儿了，他还是照常踢石子。他也不嫌重复踢石子的枯燥。我忍受不了重复。似乎石子能把他带到什么地方?

我建议陪他去医院诊断。他妻子拒绝，说，就像一个人梦游，你把他惊醒，就可能出问题。

我替我这位同学可惜，他在我们那个班，学习拔尖，还是潘老师的得意门生。潘老师曾是进疆部队里的文化教员，负责扫盲。

终于，他的妻子给我了他的日记。希望我能解开他的心结，说，看看他的日记，他可能知道到底发生过什么事儿了。

潘老师追悼会那天，他闷在家里，日记上写着：人生是一场戏，今天落下了帷幕，愿潘老师安息。

其中还记载，他无颜瞻仰潘老师的遗容，却单独去过潘老师的坟墓。一路，他踢着一个石子，这一次，他的脚有了方向感，似乎要不要去，都寄托在出门时遇上的那个石子上——鹅蛋般大的鹅卵石，最后，他追随石子到达了潘老师的墓前，把石子埋在了碑下。

1968年，潘老师被打成“右派”……游街的时候，他捡起一个石子，掷过去。潘老师的近视眼镜碎了，过后，安装了一只假眼。他写道，问题是，潘老师好像遗忘了……可我每次看见他那失明的眼睛，那眼似乎能看穿我。

那以后，他总是绕过石子走，而且，他不捡石子。他担心石子随时可能飞起来，担心控制不了自己的手。他见了石子不再绕，而是踢，还自语：藏起来，我也能找到。他的脚很灵活，钩出了隐藏起来的石子，继续踢。踢到看不见为止——夜幕降临。

连长的儿子

毛连长派我到连队的小学教书。连长的儿子毛旦也在我这个班里。我看得出，他是孩子王，班里的男生都听他指挥。

教室后边的墙上布置了一个“学习园地”——当然，是优秀的成绩和作文公布在“学习园地”里，那上边没有毛旦。连长管全连，我管这个班级，自然得管住毛旦，管住毛旦等于管住了男学生。我叫他当劳动委员。

毛旦一上任，就提了个建议：也要开辟一个“学习园地”。

我看看教室的墙壁。毛旦指指窗外。教室外边不远处有一块荒地（学校建在原来的戈壁滩上）。

毛旦说，种瓜得瓜。

课余时间，毛旦带领全班同学翻地、播种、除草、浇水，好像他是另一个连长。他还指导同学间苗、定苗、打顶、打杈。教室里的学习园地用手绘的向日葵图案饰边，而瓜地的这个“学习园地”，四周种了向日葵。

我知道毛连长曾是老八路，却疑惑老八路的儿子怎么像个瓜农。毛旦告诉我，他爸爸参军前，给地主种瓜护瓜。

一天，毛旦像考了好成绩一样，说，姚老师，学习园地的瓜秧结瓜蛋子了。

地上的学习园地，瓜秧结出几个鸽子蛋一般大小的瓜，满是细细的茸毛，煞是可爱。我忍不住去摸毛茸茸的瓜。

毛旦挡住我的手，说，老师，摸不得，一摸它就不肯长了。

我觉得毛旦也可爱，去摸他蓬蓬的头发。

毛旦一闪开，躲开我的手，说，爸爸说，小孩的脑袋也摸不得，多摸，就跟瓜蛋子一样不长了。

我说，还会这样？

毛旦一本正经地说，当然，不骗你。

毛旦开辟地上的学习园地，仿佛是跟墙上的学习园地比赛。有时候，我也提醒他，你也要努力上墙上的学习园地。可是，毛旦坐在教室中，我总觉得他的心已跑到外边的学习园地里去了。我课堂提问，有意点他回答，同桌同学会提示他。

我住校，傍晚，不知不觉走到学习园地，生怕什么动物来吃瓜蛋子，我找几个红柳条编的筐子，把结的瓜罩住。

第二天，毛旦来问，老师，你咋把瓜扣住了？

我说，用筐子保护刚生出来的瓜呀。

毛旦眨眨眼，仰着头说，你不是说万物生长靠太阳吗？瓜蛋子不见阳光，怎么生长？

我过去只是讲道理，却没想到光合作用对瓜的重要性。这个小脑袋里边想着多少土地的秘密？我伸手，还不等我的手降落在毛旦的头上，他就跳开了。我笑了，我说，你爸爸高兴的时候，摸过你的头吗？

毛旦说，爸爸最先提出……他当然以身作则了。

我岔开话，说，你当了劳动委员，就做到了以身作则。

毛旦问，老师，哪个学习园地弄得好？

我说，两个都要好，不能偏。

毛旦似乎有点儿扫兴。他舔舔嘴唇，欲言又止。

课堂里，我看着一张张学生可爱的脸，就像看到向日葵。

一次上课，比较1/2与1/4哪个大。

毛旦带头喊1/4大。有几个男生也积极响应，但大多数学生保持沉默，甚至还笑。可是，毛旦仿佛想用喊声证明他是正确的。他把“4”念成“细”的音。

毛旦举手，立起，高声道，“细”分之一大，“细”分之一大。4确实比2大，但作为分母，1/4就小了，我一时难以说服毛旦——说服毛旦等于说服了一批响应他的男生。其中有的男生只是跟着瞎起哄。

于是，我指定毛旦去学习园地摘一个西瓜，另一个男生去我的寝室取一把菜刀。

毛旦抱来一个偌大的西瓜的样子，不知怎么，让我想到老鼠偷鸡蛋。我在讲桌上把西瓜对半剖开，说，这是二分之一。然后又把两半个对半切开，我拿起其中一块，竟然模仿了毛旦的音调，说，这就是“细”分之一。

先是女生，后是男生，先是笑，后是喊，二分之一大。

毛旦似乎真理在握的表情，说，尝尝劳动成果呀。

我把西瓜剖1/16，再1/32。“32”恰是全班的人数。

毛旦说，姚老师，你漏了你自己。

我说，切不出奇数。

毛旦挺一挺并拍一拍肚子，仿佛他已吃进一肚子瓜了，说，老师，你吃。

课后，毛旦进了我的办公室，一副犯了错误的样子，却极力掩饰着笑，说，老师，上课时，我故意跟你作对。

我说，你明知“细”分之一小，是吧？

毛旦点点头，说，我想显示地上学习园地的成绩。

我说，你这脑瓜子里，总是想着稀奇古怪的小点子。

毛旦说，老师，哈密瓜、西瓜已熟得差不多了，我建议，给每一个同学分个瓜，带回去，给爸爸妈妈一起吃。

我说，好，不过，我也给你提个建议，坐在教室里，心不要往外跑，你脑袋常常开小差。

毛旦点点头，那眼睛，像沙漠里夜空中的星星，他说，老师，你咋能发现？

第二天，教室里的墙上的学习园地，出现一幅蜡笔画，阳光下的瓜，像埋伏了一地的士兵。署名：五（一）班全体同学。

傍晚，毛连长来到校园，说，吃上你们种的瓜了，甜得不行。

我说明那是毛旦带领同学种的学习园地的收获。

毛连长说，我是个大老粗，我这个儿子，脑瓜子不往学习上放，你就替我揍他。

我说，不能打，打解决不了问题。

毛连长突然说，上海西瓜有没有这里甜？

我是1963年上海支边青年。我说，没这里的甜，也没这里的沙。

毛连长点点头（毛旦点头跟他父亲差不多），说，为啥？一个小秘密，知道吗？

我如实说了毛旦采集苦豆子当肥料往瓜秧的根部埋的事情。苦豆子的苦在泥土里被吸收转化为瓜的甜了。

毛连长说，这小子，把脑瓜子都用到土地上了。

红 灯 记

塔克拉玛干沙漠的春天，风的威势有多大？

1974年3月底，我高中毕业，被分配到农场的十八连接受“再教育”。十八连紧挨着沙漠。第二天，沙漠就给我们来了个下马威。

正值春耕备耕之际。早晨，童连长说，不出工了。

我们待在宿舍里，闭门关窗。可是，沙粒还是从门窗的缝隙里钻进来。仿佛有一群汉子要进门，又是敲又是推。门窗不断地响。用毡子蒙住窗户，玻璃像要破碎一般，风携带着沙子、石子敲击。屋顶落着石子，还滚动。室内开着灯。

沙暴刮了三天，突然停息。室内，所有的平面都覆盖着一层沙子。嘴里，也含着沙子。抖一抖被子、床单，像湿柴燃着了一样，一片沙尘。

打开门，我发现，门前的沙枣林带，细细的枝条生出豆粒般的芽苞。过几天，枝与枝之间的界线，模糊了，沙子蒙着的芽苞钻出嫩绿的叶片。

田野，像尿了床，东一片、西一摊的湿润。大地解冻，渗出来冰水。

童连长说，冬天冻得太狠，春天才采取粗暴的方式解决问题。

我的家乡在浙江，江南水乡的春天很温柔。浙江人在上海有亲戚。十八连有百十个上海支边青年，其中一个叫朱安康，跟我有曲里拐弯的亲戚关系，算起辈分，他可做我的远房舅舅。

朱安康说，这算啥？现在有防沙林带了，我们1966年刚到这里，无遮无拦，刮起大风，连个抓的东西都没有，风可以吹跑人。

1966年，童连长这个南泥湾大生产的垦荒英雄，接到团部的命令，要在沙漠的边缘建个连队，团里分配了110名上海支边青年。

那一年3月8日，朱安康同一批上海青年，从上海辗转来到军垦农场，在场部招待所休整了三天，童连长赶着牛拉的大轱辘车去接，老牛慢车，傍晚来到了十八连驻地。

当时，起了沙暴。沙暴席卷过来，昏天黑地。牛车停在连部前边的一片空地，其实，仅仅平了沙包，连部不过是临时挖的地窝子，看去也是大沙包，只不过竖了一根高高的杆子，是没挂旗的旗杆，那是连队唯一明显的标志。朱安康已抱住旗杆，风几乎要把他刮得脚离地面。

童连长命令，全体卧倒。

朱安康受不了，松开了手。

沙暴来得快，去得快。一个多小时后，沙暴莫名其妙地停止了。大家纷纷从沙堆里面拱出来。沙漠似乎要掩盖所有的活物。

天色已黑，童连长立刻清点人数。发现少了三个人。

于是，本来用作欢迎的锣鼓，不是集中，而是分散，遍野敲锣打鼓，还伴有呼唤。连队前边凭空增加了几个沙包，似乎沙漠又重新收复了它们的地盘。

安顿了其他的上海青年，童连长组织了连队的老职工，继续敲锣打鼓。夜深了，还是没找到失踪的三个人，其中就有我1974年认的舅舅。

童连长急了，那么远来到边疆，根还没扎下，一场沙暴就失踪了，怎么向他们远在上海的父母交代？他拿出一盏马灯，灌足了油，叫了个能爬树的职工，说，把马灯挂上去。

旗杆的顶端挂上了一盏马灯。

童连长一夜没睡，他亲自在旗杆下边站岗。他用坎土曼，轻轻地刨连部前边的沙包——那是沙暴的成果。沙包里仅仅埋了行李、包裹。

天亮了。遥远的地平线升起了太阳，太阳给一群沙包镀上了金黄，平静得像是没有发生过沙暴。

离连队驻地不远，一个沙包顶端还留着红柳的细枝，沙包增大增高了许多。

朱安康从沙包里拱出来。好像一个帐篷在动，随后，沙包里又钻出来另外两个人。

以为是沙包耸动。三个人出来，沙子像秃头泼了水一样，一身流下沙子，然后，显出人形。

昨晚朱安康放开旗杆，手脚乱动，总想抓住什么，却像游泳一样漂移，身不由己。他说，幸亏被沙包截住了，不然，不知要吹得多远。

三个人仿佛被沙子塑造过了，灰头土脸，吐出的唾沫是一团沙子。

童连长握了握他们的手，说，昨晚你们没看见亮光吗？

旗杆上的马灯仍亮着，但是，阳光强过了灯光——那一点光亮躲在了灯罩里。

朱安康说，风刮得我糊里糊涂、晕头转向。

童连长说，你们三人昨晚看电影了吧？

马灯已从旗杆上取了下来。

朱安康说，啥电影？

童连长拎着马灯，说，《红灯记》呀。

那一天，马灯就交给了朱安康。童连长说，大风的纪念。沙漠边缘出现了绿洲——我想象不出多年前还是一片荒漠，好像从塔克拉玛干沙漠里抠出了小小的一块，不过，每一年春天起沙暴，刮得遮天蔽日，沙漠总是想趁机把十八连这一片绿洲夺回去。

播了稻种，朱安康拎着马灯春灌。春夜的田野，一点一点的亮光在游动。

耳 朵

1951年秋的一天，太阳像火球，高高地悬在头顶，老班长挥动着坎土曼平着一座沙丘。连队的通信员远远地喊，可一直没有改变老班长的动作。

通信员跑过来，凑近老班长喊，王司令员叫你去一趟。

老班长中止了挥动坎土曼的动作，拍了拍黄军装，军装像燃烧着一样，散发出沙尘。他望不见房子。

有房子的地方原先也是荒漠。他垦荒过的地方，已是一片绿。他的坎土曼总是一下一下地啃沙漠、戈壁，啃过的地方仿佛消化了，生长出了绿。身后的绿是他的一个梦，流淌着汗水的梦。

老班长走进了绿色的梦。房子渐渐地冒出来，像从绿色里潜出。

警卫员拦住他，问，你找谁？

老班长开口响亮，我找王大胡子！

警卫员说，你不能这样叫我们的司令员。

老班长说，你这个小兵蛋子，我找的就是王大胡子。

警卫员说，你不要喊得这么响，司令部办公要安静。

老班长说，我喊响了吗？我嗓门本来就是这么响。

王司令出现在门框里，说，是谁在外边吆吆喝喝的呀？

老班长说，你叫我，还有警卫员挡着不让进。

王司令员说，老班长，快快请屋子坐。

老班长瞪了警卫员一眼，说，小兵蛋子。

王司令张开双臂搂住老班长，像是一场战斗中失散，又重逢，说，你带来了沙漠的气味。

老班长说，没这沙漠的气味哪有绿洲的气味？

王司令指指屋顶，说，你这嗓门还是这么响，这间办公室也受不了啦。你看，土也被震落了。

长征途中，一次突围，一颗炮弹在老班长不远处爆炸，他整个人被掀起来，然后埋进了泥土里，拱出来，他只看见战友的动作，却听不见枪炮的声音，仿佛战斗的画面删去了音响——默片。那以后，他总以为别人听不清他的话音，就拔高了嗓门，说话就像呼喊。

老班长习惯地把耳朵侧向王司令，一副费劲捕捉声音的姿态。他说，我在沙漠里喊，那沙漠把我的声音也吸走了。

王司令说，沙漠可能有意见了，几万年它都是那个状态，我们却叫它绿了，老班长，接下来，你想忙啥？

老班长的嗓音还是降不下来，说，我能忙啥？还当我的兵呗。

王司令说，有了绿洲，要巩固，我们打算建个养禽场，改善战士们的伙食。

老班长说，整天跟沙漠打交道，肚子里缺的是油水，这几天做梦都梦见了吃肉。

王司令说，我看你当养禽场的场长吧。

老班长说，我这个老班长，当来当去也只能当老班长，我这耳朵背，还没文化，一下子给我那么大的一个官帽，还不压坏我呀？

王司令说，就以你现在这个连为基础，来个农牧结合，你想吃肉，我也想吃，要紧的是还得叫整个部队都能吃上肉，垦荒的体力消耗太大，没有肉补充营养咋行？

老班长敬了个军礼，说，尽可能完成任务！

王司令说，咋尽可能？

老班长说，保证完成任务！

王司令说，这就对了。

1953年，老班长这个养禽场的场长，耳朵已对声音有了感觉，他能听见鸡呀、鸭呀、羊的叫声。他像听进行曲一样，不过，他开始尽量降低嗓门，不要惊吓了动物。可是，他忍不住会放开嗓门，看见羊一愣，他过去抚一抚羊，说，你别把我的嗓门当一回事儿，安心吃你的草吧。

一天，老班长（场里的战士都叫顺口了）听说王司令要来看他。他在养禽场走来走去。最初他也没做这么大的梦，没料到，现在的规模已超过了他的梦。

傍晚，场部前边的路终于没有开来吉普车。他的心像空旷的路一样，他焦急起来。你不来，我去。他一口气跑到师部招待所。

所长说，老班长呀，王司令离开好久了。

老班长自言自语，王大胡子，你现在官做大了，眼里放不进我这个兵啦。

1954年春，事先没打招呼，王司令突然出现。老班长围着个围裙，蹲在羊圈里，一只母羊刚刚产出羊羔。

王司令说，当接生婆了呀。

老班长抱着羊羔，故意不理睬。

王司令笑了，说，什么时候你开始记仇了？老班长，上次我失约了，临时有急事走了，当时你还骂了我，是吧？

老班长放下羊羔，说，我自己对自己说话，声音那么小，你离那么远咋听到了？你的耳朵好长哪！

王司令笑了，说，我这耳朵有选择，难听的话我能装进去。

两个人拥抱，哈哈大笑。

老班长抱起羊羔，说，你也抱抱。

王司令接过羊羔。羊羔舔他的手。他说，这羊羔子认识我。

老班长说，熟悉我的羊羔，咋能不熟悉你？！

王司令说，这一回，我发现，有一个新变化。

老班长乐了，他想陪王司令参观，说，啥变化？

王司令说，过去，你一开口像吹冲锋号，现在，声音降下来了，是和平的声音。

老班长说，羊羔一出生，小鸡一出壳，碰到我原来的大嗓门，还不受惊了呀。你叫我当这个场长，我确实起了变化，就是自觉地把嗓门降低了。

王司令说，你耳朵也灵了嘛。

老班长说，每一天都能听见新的生命诞生，那么好听的声音……我的耳朵装的都是好听的声音，养也把它养好了。

俯 视

郑明到十八连放映电影，总要多待一天，说是要搜集连队的好人好事，其实，是相中了洪柳。

郑明是农场第一代电影放映员，上海青年洪柳是十八连的一枝花。电影队，也不过就郑明一人。他不仅单纯放电影，还兼有宣传任务。下连队，他还要到田地头现场采访，拍照片、写稿子、绘幻灯，放电影前，先放幻灯片，都是他一手绘制，还配音。

有一回，他把洪柳的先进事迹绘制成了幻灯片。洪柳说，你画得不像。郑明说，多接近你几次，就画得准了。

农场的各个连队巡回放映，洪柳出了名，都说她是戈壁滩上一枝花。

流动电影队，一个人，一辆车，一头毛驴，车上装着放映机、发电机。有时，电压不稳定，电影里的人物讲话就怪腔怪调；有时放了一半突然熄火，郑明还要修发电机。

郑明是个多面手。

据说，郑明是个捡来的孩子。1949年部队开赴新疆，不知什么时候，他混进了队伍里，闻到了干粮的味道，吃了干粮，他就跟着部队走，成了连队的儿子。因为好奇，他拆过连长的闹钟，一个连队全靠闹钟掌握时间，可他又组装好了——重新能走。连长说，这小家伙会捣鼓。

说起来，郑明算是个最小的老兵了。连长后来当了农场的副团长，点名叫郑明当电影队队长。光杆司令。1967年，郑明对洪柳说，上海鸭子呱呱叫。

郑明到十八连放电影，就叫洪柳帮助他看着放映机，他有借口：检查发电机。

十八连的童连长是当年给郑明干粮的班长，他喜欢趁放电影前讲话。郑明操着沉重的甘肃口音试喇叭，宣布：请童连长讲话。

郑明打开放映机对着露天两根杆子撑着的银幕调焦距。这时，青年、小孩争相着在光柱里做手势，手势投在银幕上，各种各样的剪影：有一对飞翔的鸟，有两只狂吠的狗，还有一对男女亲嘴，仿佛是争相登台的皮影戏。

童连长只顾讲，什么生产形势，什么好人好事，还有存在的问题。这是内容。不过，开头总是“同志们，我讲三点”，结尾总是“好了，不多讲了，团首长关心我们，给我们送来一个片子，下面看片子”。

银幕上的动画和童连长的讲话毫不相干地配置在同一个环境里。只是，一说“下面看片子”，银幕上立刻收敛，像林中的鸟，受了惊，一下子空白了。

放来放去，都是老影片，拷贝有划痕，放出的图像布着线条，仿佛电影里的人物总在雨中。甚至，人物还没讲话，观众就提前把人物的话喊出来了。

郑明已经熟悉了电影和现实的两种声音。夏天，电影里激烈战斗，枪炮声此起彼伏，观众响起拍打蚊子的声音，仿佛都在战斗。郑明也投入其中，一拍，一掌红点子。洪柳在旁边给他扇扇子。他说，我皮厚，当心蚊子咬你。

冬天，胶片常在机子里卡住，银幕一瞎，场内顿时响起跺脚声。地上的沙尘也随即飞扬，郑明说，像当年我们徒步进疆。

郑明不用看自己放的影片，也能背得出台词了，反复放的就是“三战”：《地雷战》《地道战》《南征北战》，还有样板戏电影。

1978年，洪柳已是电影队副队长，郑明终于采上他相中的花了。洪柳第一次看《红楼梦》，郑明就备了手绢，他观察洪柳的手绢湿了，就及时送上一块，一般，哭灵的那个场面是高潮。老职工只是赞黛玉长得漂亮。

郑明没弄明白，当初幻灯片里的铁姑娘，碰上《红楼梦》咋就成了“泪姑娘”了？郑明的记忆里自己没流过眼泪，不过，他倒是对一句台词有感觉：林妹妹，我来迟了。其实，他庆幸“我来得正好”——要不是放电影，咋能碰上这个沙漠边缘的洪柳？

1969年，除了“三战”电影，连队的职工对阿尔巴尼亚、朝鲜的电影很新奇。郑明抓紧恋爱的进度，频繁地到十八连放电影。十八连职工认为，一是高兴沾了洪柳的光，二是遗憾，一枝花叫别人摘走了。

一天晚上，郑明满足了十八连青年的呼吁，把一部罗马尼亚的电影放了两遍。他担心会影响第二天的生产。童连长很在乎生产，放映前，他讲话，再放一遍片子，大家要在明天的地里表现得干劲十足。

郑明仍然到田里搜集好人好事——每一轮幻灯片，他要做到有新意。他发现，那些熬夜观片的青年精神抖擞。按照童连长的说法，抓革命促生产。

短暂的田间工休，郑明跟大家坐在田埂子上，他觉得大家对“好人好事”的话题已没兴趣，却像自动地开展了一次田间地头的“影评”座谈会。

郑明知道其中的一个青年，曾追求过洪柳，后来甘愿退出，因为不是郑明的对手。

洪柳坐在姑娘堆里，显然也在讲昨晚的电影。

那个曾经是郑明的情敌，说着说着站起来，他做出爬树的姿势，而且，仿佛已爬上了高高的树梢，一副往下瞭望的动作，模仿孙悟空腾云驾雾，将手放在眉上遮阳远眺。

郑明乐了。他能想象出那个“情敌”关注的电影里的一个镜头：罗马尼亚姑娘在浴缸里洗澡，头和肩露了出来。显然，拍摄电影的镜头是平视。

那个青年采用俯视——从高处往下看，看浴缸里的姑娘。

童连长过来，说，没出息，真正找起对象，你有这股劲头就好了。

那个青年收起架势，吐了吐舌头。

童连长已同意洪柳调到团部，可是，他觉得没留住洪柳，是连队的小伙子窝囊。他说，现在，我们把看片子的劲头转到庄稼上边。

那个青年像是打了秋霜的庄稼，悄悄问郑明，今晚片子到哪个连队放。

郑明说，营部。

那个青年说，昨晚没看清，今晚我赶过去。

营里管辖的五个连，郑明所到之处，那个青年都出现了，而且站着看。有一次爬到一棵沙枣树杈上去了。

渐渐地，郑明和他结了朋友。郑明劝他，该谈个女朋友了。

他说，拍电影，镜头咋不从上往下拍?

郑明说，我又不是导演，咦，追着看那么多遍，你还没看够呀?

最初的电影队，郑明赶一辆毛驴车；后来，电影队换了一匹马驾辕的胶轮车，洪柳坐车，他徒步。待到更新，有了手扶拖拉机。郑明后来任团政治部副主任，提名曾经的情敌接替他。

政治部主任问理由，郑明说，他爱电影。

十八连的童连长，已当了营长，他说，郑明会挖人。一个连队，叫他活生生挖走了两个人。

没　有

父辈那一批老兵，1949年徒步进新疆，1980年后，差不多都离了休。我父亲也于1981年离休，他从来不跟我说他的故事。只是说他过去部队的番号：三五九旅。

我父亲的一位老首长的儿子跟我有同感。有一次，他对我说，以前的事儿老头子都不讲。

我想，难道父辈没有故事？

父亲曾向我提起他的一个同乡，也是三五九旅的老兵，离休后还待在和田。

1978年，我念师范，终于走出了农场。我们农场全称是农一师一团。那团志里记载出过二十三位将军。其实，农一师的老底子是三五九旅七一八团。我父亲的同乡在七一九团。本来都驻扎在阿克苏——农一师所在地。

师范毕业后，我查阅史料，试图挖掘父辈的故事——历史。其实，也是寻找我“从哪里来”。1949年2月1日，中国人民解放军统一编制，西北野战军改称第一野战军，三五九旅改编为第一野战军二军第五师。三五九旅的七一七团、七一八团、七一九团，分别改编为步兵五师的十三团、十四团、十五团。

只有数字，没有故事？

可是，老兵还是念念不忘三五九旅。说起来，总是用老称谓：三五九旅。赫赫有名的三五九旅。

这个番号已经没有了，就如同一个故事存在着母体（原型）。

老兵还是认老番号。三五九旅到达南疆重镇阿克苏当天，七一九团接到进军和田的紧急命令：和田的残余势力企图破坏和平解放，正在策划武装叛乱。

阿克苏与和田之间隔着塔克拉玛干沙漠。有一条路要绕一个很大的马蹄形沙漠，两千余里，行军至少要一个月。七一九团选择直插——穿越那个进去出不来的塔克拉玛干沙漠。

1949年12月5日，没有水的沙漠，一支长途奔袭的部队。他们衣着单薄、星夜兼程。17天，1580里。

只有数字，没有故事？

从此，我父亲和他的同乡也没见过面。中间隔着塔克拉玛干沙漠。

我以前有个概念，以为农一师的前身就是八路军——南泥湾开荒的三五九旅。我查询了史料。三五九旅的三个团，七一七团翻越天山冰达坂抵达伊犁，七一八团驻防阿克苏，七一九团穿越沙漠驻守和田。1954年，遵照上级指示，三个团集体转业，屯垦戍边。

还是没有故事。

我父亲的老首长的儿子在兵团司令部里供职。1994年，兵团副司令员前往和田慰问离休老兵。随行人员有老首长的儿子，他有个任务，代表我父亲探望当年的同乡战友。

当时，有一段对话，过后他复述给我听。

副司令员问，你们回过老家吗？

老兵答，没有。

你们坐过火车吗？

没有。

你们到过乌鲁木齐吗？

没有。

你们见过飞机吗？

没有。

副司令员一连听得四个“没有”，鼻子一酸，眼眶一湿。

有些老兵已离世，剩下这些老兵，一副副沧桑的脸，像胡杨树，那是蕴藏着故事的脸，如同沙漠里淹没的古物。

老首长的儿子还拍了照片——老兵，其中有我父亲的那个同乡。

没有，就是有，有故事。

副司令员回到兵团司令部，立刻接老兵来乌鲁木齐。

老首长的儿子——我的朋友负责具体接待。一行十二位老兵，一个班，乘飞机到乌鲁木齐，安排了档次最高的宾馆。

老兵进了宾馆的房间，竟然不敢随便走动，因为他们没有见过一个房间那么多设施：冲水的马桶、淋浴的喷头、柔软的床铺。

看着那么平整、干净的床铺——席梦思，没有一点儿皱褶，像雪原，老兵不敢坐、不敢掀、不敢摸。

我的朋友以为老兵们当着他的面不好意思，就主动退出，特别叮嘱：有什么事，随时打个招呼。

塔克拉玛干沙漠边缘的农场，都尝过风沙的味道。我知道和田流传着过去的顺口溜：和田生活苦，一天二两土，白天吃不够，晚上还得补。

第二天，我的朋友招呼老兵用早餐。他看得出，有几个老兵根本没脱衣裤就睡了觉。

他说，睡得好吗？

老兵说，这床太好，不知咋睡它好。

他看见没掀起过的被子，说，床再好，不是摆摆样子，是让你们睡的呀。

老兵说，省得麻烦人家。

我朋友特别注意我父亲的同乡，说，床不会嫌麻烦，这一夜，不睡床，你没有睡觉？

老兵指指铺着地毯的地板，说，睡在地上。

当日，老兵乘车到了石河子。

我父亲的同乡离休前是个连长，他代表老兵说，报告司令员，三五九旅七一九团十二名老战士已胜利完成了上级交给的屯垦戍边的任务。现在，我们离休了，我们已将任务交给我们的儿女了，请司令员放心。

这算是老兵的故事？

父亲病逝前，卧床不起，他一辈子走了不知多少路，却盼望着能到门外走一走。有一天，我做了一个梦，床空了。

我寻找，远远望见父亲的背影。我撵上去，拦在他的前边。我说，爸，你这是要去哪里？

父亲说，十三连。

农场里，老兵死了，大家不忍直说，而是换一种说法：调到十三连去了。十三连是一个虚构的连队，其实就是一片坟茔。但是，人们似乎把它列入一个团里的建制。

我说，爸，你回去吧。

父亲说，别挡道。

我说，那么，你给我说一个你的故事，我就放你过去。

父亲说，我没啥故事。

2007年，我父亲病逝时，他张着嘴，仿佛有什么故事要讲。我不信他这样的老兵没有故事，他只是把故事带走了。

封 锁 线

1950年，刘立秋获悉师里来了五名女兵，他想到1942年秋，他接到上级的命令，护送一批学生去延安，夜晚穿过日本鬼子的封锁线。

刘立秋带着一个班的战士，埋伏在日本鬼子的炮楼前。那批进步青年里有一半是姑娘，她们没经历过那样的险境。刘立秋悄悄安慰她们，鬼子炮楼下边最安全。

趁探照灯扫过，刘立秋殿后掩护，他命令青年学生弯腰过壕沟。他听见一个姑娘焦急地说，眼镜，我的眼镜。

姑娘在壕沟里瞎摸。刘立秋看见月光反射出亮的镜片，他捡起，说，不要叫，是不是这个？

那批学生被顺利地送到了延安。刘立秋多次回忆起当时的情景，遗憾没注意姑娘的脸，他总是怀念月光里的那副近视眼镜，镜片闪着淘气的光亮，好像它是故意逗一逗戴眼镜的姑娘。

刘立秋听说了分配到师部的五名女兵，都是毕业于中南军政大学，像是雪山融化的水，流进了塔克拉玛干沙漠，已少得可怜了。

师部宣传队留了两名，全师三个团，平均分配，各三名。

刘立秋所在的团，分来的女兵叫赵文涓。而且，落实在政治处。

对刘立秋来说，形势严峻。政治处有七位副团、正营级干部，均为老八路。进入和平年代，都盼着娶个老婆，结婚生子。

刘立秋近水楼台先得月。赵文涓分到组织股当干事，股长就是刘立秋，他俩同在一个办公室办公。

刘立秋仿佛又过封锁线了，因为，赵文涓戴着近视眼镜，他觉得特别亲切。

白天，一日三餐，同一桌吃饭。晚上，同一盏油灯下学习。刘立秋常常瞅赵文涓。赵文涓抬头，他立刻把目光移开，多像当年过封锁线时鬼子的探照灯。

终于有一天，刘立秋的目光没来得及躲开。赵文涓的目光恰好跟他的目光相遇。刘立秋像是看见一道闪电，他浑身发热，多么希望赵文涓的眼镜掉下来。

赵文涓说，股长，你咋啦？

刘立秋出入过无数次战火硝烟，他不得不一本正经起来，说，你的声音真好听。

赵文涓羞涩地微笑，说，前头我又没说话。

刘立秋说，可你说话的时候，跟你的名字一样，细水慢流，沙漠听了你的声音，也会枯树变绿。

刘文涓说，股长，想不到你还像个诗人。

刘立秋脸红了，他禁不住表扬，说，那玩意儿我可不懂。

赵文涓要他讲一讲战斗故事。

刘立秋立刻想到护送青年学生过封锁线，不过，他说，没啥可讲。

赵文涓18岁，她积极要求进步，每个星期她都把自己的思想情况向组织汇报。刘立秋是政治处的党支部书记。

1950年底，赵文涓向刘立秋汇报来团部这几个月的体会，写了一份书面材料。

之前，同在政治处的其他几位战友，时常来刘立秋的办公室，渐渐地，他们都说刘立秋占据了有利地形。年终的这一天，办公室的炉子正旺，那柴火也是大礼拜天刘立秋和赵文涓一起进沙漠掘的红柳根、砍的胡杨枝。

炉子里传出来柴火起劲燃烧的噼啪声。宣传股的张股长进来说，你们谈公事还是私事？

刘立秋一愣，仿佛过封锁线时，探照灯扫了过来，说，来巡逻呀。

张股长说，这么热，我看火候差不多，可不要让煮熟的鸭子给飞了。

赵文涓说，你那的战友真有意思。

刘立秋没看书面材料，表扬了她向组织靠拢的积极态度，转而谈起了她的个人问题，说，我想……跟你介绍个对象。

赵文涓抬脸，以为刘立秋要介绍别人，说，我刚来没几个月。

刘立秋说，时间不是问题，你看，我行不行？

赵文涓的脸像太阳从东方的地平线升起，说，我愿意服从组织安排。

刘立秋拿出结婚报告，说，我签了，你也签一个。

赵文涓说，这么快？

刘立秋说，速战速决。

除夕之夜，通信员来到赵文涓的宿舍，把她的被褥搬到刘立秋的床上。刘立秋的床就在组织股的那间办公室，是套房，外间有两张床，本来睡着他和张股长手下的一位干事。

张股长负责张罗婚礼的食品，用瓜子、糖果招待前来贺喜的战友。

张股长做了手脚，在板子拼起的双人床下挂了一个罐头铁盒，铁盒内放了几枚铁钉。

闹过新房，新郎新娘入洞房。张股长和干事睡在外间，说是替新郎新娘站岗放哨。

铁盒子丁零当啷响。赵文涓以为什么掉下来了。刘立秋下床，发现了床板下悬挂的罐头盒。他摘掉，重返被窝。

赵文涓悄悄问，啥东西？

捂在被窝里，刘立秋说，铁丝网上挂的铃铛。

赵文涓没听明白，不敢动。

刘立秋给她讲抗日战争，护送一批进步学生过封锁线的故事，鬼子炮楼周围布着铁丝网，铁丝网上挂着铃铛。他特意提起了那副近视眼镜。

赵文涓说，之后你见过她吗？

刘立秋说，现在就躺在我的身旁。

第二天，张股长等刘立秋出来，说，昨晚里边动静蛮大嘛。

刘立秋说，半夜三更，你弄的名堂算个啥？！我照样穿过封锁线。

1951年底，团部有了第一声孩子的声音，大家都说是军队的女儿。张股长设法买来了一只母鸡，送给战友。

多年后，刘立秋和赵文涓已有了三个孩子，两女一男。不过，赵文涓想到新婚之夜，“铃铛”响，一夜无眠，炉子已熄火，可是，她说，那时被子很薄为什么不觉得冷？

哺　　乳

第一年，五对新人在垦荒连队举行了婚礼。

第二年，沙漠里开垦出的地，种上了玉米，结玉米棒子的时候，地窝子响起了第一声婴儿的哭声。

张班长笑得一脸皱纹。

刘连长说，这哭声多好听，像雪山融化的水流进了沙漠。

张班长说，可惜，是丫头片子。

刘连长说，没有女人咋有男人？

冬天，地窝子里先是女声独唱，然后是男女声合唱——先后又有几个婴儿诞生。

刘连长说，一唱雄鸡天下白。

春耕春播时节，平整土地。李春香老是听见女儿的哭声。她的乳房似乎在哭声中膨胀，乳汁渗透了胸前的衣服，两片湿润，如同春天的土地解冻。

连队的驻地离田野三里远，李春香问一起的女兵，你听见了什么？

女兵说，布谷鸟的叫声。

李春香说，可能我的丫头饿了。

田间小休的时候，五个女人赶回地窝子。远远的，李春香听见了女儿的哭声，特别响。

李春香的衣服上不知是汗水，还是乳汁，洇开了一大片。她解开衣襟，饱满的乳头迫不及待地喷出乳汁的线，白白的曲线。她赶紧把它塞进女儿的小嘴。

立刻，女儿不哭了。地窝子里一片宁静，所有的小嘴都衔自己的食物，发出吮吸声。李春香想到，白皑皑的雪峰，那融化的雪水，穿越戈壁荒漠，流进了开垦的土地，含沙的干渴的土地，发出婴儿般的吸吮声，她的乳房不那么发胀了。

婴儿在母亲的怀抱里熟睡。李春香拭了女儿的嘴角，亲一口小脸蛋，说，宝宝做个好梦，妈妈下地干活了。

一天要来回两次哺乳，都在半上午和半下午。食堂里差不多都是粗粮（苞谷面窝头，还有洋芋，缺的是油水，难有肉食）。有个夜晚，张班长悄悄对李春香说，女人真神奇，能把粗粮变成奶水。

李春香说，男人也不简单，我们来的时候，看见你们这些男人，已把荒漠变成了绿洲。

张班长比李春香大八岁，他疼老婆，生怕累着老婆，缝洗衣服、砍掘柴火，他不让老婆沾手。他还给老婆开小灶，在沙漠里安放兔夹子，炖了野兔肉，他不吃。他还刮净了胡子，他说，这么白胖白胖的女儿，不要叫我的胡子扎伤了。

女儿已开始在床铺里爬了。李春香怕女儿越过拦麦草的胡杨树干——地上凉，她用一根麻绳捆着女儿的腰，拴在床头的横木头上。

田野向沙漠伸展，仿佛一口一口地啃沙漠那个望不到尽头的金黄色的大饼。离连队的驻地越来越远了。可是，李春香仍然能听见女儿的哭声。她知道，唯有她能听见女儿的哭声——女儿的哭声竟能传得这么远。

入冬，挖渠。引水、排水的渠道，李春香想象那是集中流动乳汁的乳腺。

那天下午，李春香的耳畔又响起了女儿的哭啼，而且，特别响亮，她甚至看了看一起挥动坎土曼或挑担子的同乡，她们没反应。她朝连队的驻地方向遥望，发现一股烟，跟伙房烟囱的烟不一样。

她喊，连队冒大烟了。

先是同乡的女兵，然后是男兵。判断出伙房冒不出那么浓大的烟。

刘连长说，不对劲，着火了。

地窝子生了炉子。刘连长跑在最前头，他一脚踹开地窝子的木门。一股浓烟窜出来。

李春香跟着刘连长冲进去。烟雾弥漫着整个地窝子，传出小孩微弱的哭声。

刘连长摸着水桶，泼灭了中央的炉子。

李春香循声抱起别人的儿子，冲出去，返回，摸着了自己的床铺，女儿已哭不出声。到了门外，她拍一拍女儿，拍响了女儿，女儿一哭，她说，妈妈早听见你的声音了。

刘连长查出了着火的原因，炉火过旺，土坯砌的火墙也烧红了，把搭在火墙上的尿布、衣服燃着了。

当晚，刘连长宣布，连队成立个托儿所，就李春香一个人，跟张班长一样，都是后勤，别小看后勤。李春香，我把半个班的小战士交给你，你现在当班长，过几年你可以当排长，那么，我就是加强连的连长。

李春香一听孩子的哭声，不管是女孩还是男孩，她的胸部就发胀，她给最先哭的孩子喂奶。她的女儿瘦了，她热了米粥喂女儿。托儿所里传出笑声。刘连长说，这就是我们连队的希望。

终于有一天，李春香狠了狠心，在乳头上抹了辣椒，女儿的小嘴一衔，就吐出来了——从此给女儿断了奶，她给别人的孩子哺乳。

张班长频繁地在沙漠里安兔夹子、收野兔子。不过，他嫌李春香对女儿过于狠心。他提醒道，这可是我们的宝贝女儿呀。

李春香说，我们的丫头年龄最大，人要让小。

永不掉队

1947年冬，秦山第一次听见方歌唱歌。

团长命令，我们的两条腿要跑过敌人的汽车轮子。秦山穿草鞋，脚磨破了。渐渐地，落在急行军的队伍后边。于是，他听见了那支歌：向前向前向前，我们的队伍向太阳……

方歌站在路边的一个小土坡边，齐耳短发，她旁边还站着两个女兵，是师文工团的团员。

秦山踏着歌声，赶上了队伍。

部队准时到达了指定的地点，堵住了敌人的退路，激战三天。秦山身负重伤，送到野战医院。

方歌所在的文工团来医院慰问伤病员。

秦山在昏迷之中，仿佛又掉队了。他听见方歌的歌唱，苏醒过来。歌声飞进了他的心里，他像在舔嘴唇，默默地跟着哼。

医生说，你把这个英雄唱醒了。

秦山的家庭穷困，爹娘却供他上学。念到初中，日本鬼子来“扫荡”，他就参加了新四军。受过五次伤，这一次伤得最重。他说，一颗炮弹把我炸飞了。

方歌说，我见过你，看不出，你还是个英雄。

秦山说，你唱歌唱得真好听，要是我真的牺牲了，你就对我唱歌。

方歌崇敬英雄，说，不许这么说。

秦山笑了，说，这有什么？听你唱歌，我就活过来了。

方歌也笑，说，我唱歌有这么厉害，我就唱。

秦山说，那我们可就说好了。

1948年，秦山调了部队，他当了独立旅一个连的连长。挺进西北，开赴新疆——新疆和平解放。

翻过祁连山，秦山第三次听见了方歌唱的歌。

方歌所在的文工团跟秦山的连队在一起宿营，她们已经唱不出声了。

女兵很惹眼。秦山看见了方歌，风撩着她的齐耳短发，像水边的垂柳。

秦山的心里奏起旋律。茫茫戈壁荒漠，一眼望不到尽头。

方歌突然唱起了歌：向前向前向前……

秦山站起来，走过去，说，你咋知道我在唱……我一点也没唱出声音呀。

方歌说，我似乎听见了一个旋律，有谁起了个头，你唱出来呀。

秦山说，我这莫合烟嗓子，一唱会吓坏你。

部队来到了南疆重镇阿克苏——驻守塔克拉玛干沙漠的边缘，开始垦荒。

秦山第四次遇见方歌，是在团部。他乐了，说，是要来慰问一下我们了，戈壁荒滩听了你们的歌声就会开花呢。

方歌说，这一回是调到你们这儿了。

过后，秦山知道，方歌要求调离师部文工团，下放到秦山所在的团，当了宣传干事。

团长是秦山的老上级，背后向他透露：你这个英雄，有福气，别人是英雄救美人，你却是美女救英雄，方歌追你追到沙漠来了，就看你能不能接住了。

秦山一见方歌，脸就发烫。

方歌也几次到秦山这个营收集垦荒的事迹。她还组织了一个宣传队，把垦荒的故事编成歌曲、快板。

1952年春，秦山独自骑马——向着太阳升起的方向，他进入了沙漠。打算建立一个新的连队，开垦一个新的荒原。按他的说法：大口啃一块沙漠。

起了大沙暴。沙漠似乎要捉弄一下英雄。两天里，风沙铺天盖地，仿佛真的要叫他“进去出不来”。风一停，沙一落，像是什么事都没发生，沙漠呈现了美丽，移动过的沙丘，那纹路，如同水的波纹。沙漠总是将进入它里边的物体含而不露地收藏起来。

幸亏有一棵枯死的胡杨树。找到秦山的时候，他搂着树干，沙子已埋到他的腰。胡杨树仿佛缩短了一截。秦山的嘴里灌满了沙粒，几乎没了脉搏。

打电话给团部。方歌带了团部的两个女兵赶来，其中一位是女医生。

秦山像胡杨树一样，一动不动。

方歌和女兵含泪唱歌，唱了沂蒙山小调。

秦山是山东籍。对家乡的歌也没反应。

女医生听不见秦山的心脏跳动了，就用一块白布裹住秦山。

教导员拿来了军旗，盖到战友秦山的身上。

方歌揭掉军旗，打开白布。

教导员说，你再看他一眼吧。

方歌说，我们早就讲好了，现在，我给你唱歌。

地窝子里一片宁静。

歌声响起：向前，向前，向前，我们的队伍向太阳……

教导员说，秦山，你别掉队了，起来吧。

渐渐地，所有的人都跟着方歌唱了起来。阳光从地窝子上边的天窗照进来，沙尘像音符，在阳光中飞舞。

秦山的嘴唇居然嚅动了。

教导员说，你这家伙，我就知道你不会掉队。

过后，秦山说他像是做了一个梦。他睁眼，看见一片脸，随即，他的目光停留在方歌的脸上。

方歌的脸如同一个圆月，明净净地悬在空中，像水洗过一般，还沾着水珠。

秦山说，水，渴死我了，咋回事？

教导员说，方歌把你唱活了。

秋天，收获了玉米。团长主持了婚礼。入了洞房——一个地窝子，方歌说起大沙暴。她说，当时，我就想最后一次给你唱歌。

秦山说，战争年代，我都死不了，我命大，能这么轻易掉队？我就等你来唱呢。

方歌说，你别耍嘴皮子了。

掉队是父辈对死亡的另一种说法。

多年后，我了解到了各种版本的秦山和方歌的爱情故事。父辈不愿说过去的故事，但是，他们都有一首自己喜欢的歌曲，一不留神，会哼出来。秦山已是农场的副团长。他的步子总像是踏着歌曲的节奏。他的儿子秦平沙是我的同学，我们都是军垦第二代。

有一次，秦平沙突然说，人生有许多关卡，哪一个关卡过不去，后来的一切都不存在了，多危险，我爹几次险些没了命，是我娘把我爹唱活了。

我说，向前向前向前，没你娘的歌，你爹一旦“掉队”，谁知道你在哪里呢，可能根本没有你，你不出现，我就没有你这个朋友了，确实悬乎。

刘晓春的绿军装

刘晓春探亲，去时，一身绿军装，如军人；归来，一身蓝褂子，像新生人员。

那个年代，服装的颜色标志着身份。服刑人员的一般是黑色，新生人员穿蓝衣服，值班战士则穿灰军装。

而主导的流行是草绿军便装。1967年10月，师部给职工（称军垦战士）发了一套绿军装，那是革命的颜色。男式4个衣袋，女式2个口袋，和服装配套颁发的还有一枚“为人民服务”的胸章。逢了开大会，一片绿色、红色的海洋。红色由红旗、袖标、标语组成，绿色是服装。

刘晓春有特别的军队情结。1949年前，他离家出走，参了军。1949年进疆，娶的老婆是山东招来的女兵。1968年他接到老家的加急电报，父亲病危。

刘晓春的父亲被划为富农，近二十年没见过儿子。农场批准了刘晓春的第一次探亲假。他穿着绿军装，佩戴胸章，头戴军帽，脚穿黑皮鞋，不过，没领章、帽徽。回到了阔别多年的家乡，村里的人已不认识他了，却稀罕绿军装。他感觉村里没多大变化，房子似乎衰败了许多。

傍晚，一家吃团圆饭。刘晓春端着饭碗，此时进来两个民兵，挎着长枪，冲着他说，放下碗，跟我们去大队部。

父亲躺在床上说，队长，这是我家老四。

过后，刘晓春知道，那个人是大队的民兵连长。他说，我回来探亲。

连长说，你们家成分高，划在“黑五类”里边，你凭什么穿军装？

刘晓春笑了，说，统一发的嘛。

连长说，你有什么证明？

刘晓春抹了一下嘴，掏出一张介绍信（当时等同于通行证）。

连长先是看见介绍信盖着红色钢印，然后扫了一下内容：刘晓春，系我团运输连副连长，经批准探亲，望沿途提供方便，准予放行。

连长笑着跟刘晓春握了手，说，我也是连长，可你是正规军。

父亲不知连长的口气为啥缓和下来，简直是一百八十度大转弯，他要他俩坐下来一起吃饭。

连长说，你们慢慢吃，我们吃过了。

刘晓春估计，是“兵团”“司令部”这几个显赫的大词镇住了农村的民兵连长。当晚，父亲提出要下床走一走。

第二天，太阳还没出来，邻居刘大婶就进了院子，火急火燎的样子，他端详着刘晓春，说，大侄子，一点儿也看不出小时候你的影子，现在衣锦还乡啦，多出息，给你爹也长了脸。

刘大婶寒暄了一堆话，也不坐，转而表情为难，说，大侄子，明天你大兄弟要去相亲，我愁得不行，你这套行头能不能借用一天？大侄子，俺也不怕丢丑了，你大兄弟走马灯似的已相过三次亲了，就是对不上女方的眼。

刘晓春和刘大婶的儿子光屁股一起长大，他说，我这衣服能帮堂兄弟套个老婆，我也高兴。

晚上，刘大婶来还绿军装，还报了个喜讯：女方答应了，这衣服真管用。

刘晓春的母亲看不起刘大婶，说，你爹挨斗，她在路上遇见我，看也不看我一眼，只当不认识，好像怕我家的成分会传染给她一样。

随后的日子，刘晓春的绿军装就歇不住了。有人借去相亲，图个吉利，有人穿上走亲戚，有的借了去赶集，只为风光一次。甚至，大队书记也热个脸来借走，参加县里活学活用经验介绍会。

半个月假期满了，绿军装到处显威风，没沾过刘晓春的身体。有一天晚上，民兵连长还借了去，说是参加公社的军事演习。

临行前的一夜，刘晓春陪父亲聊。父亲心事重重，仿佛背着什么包袱走了远路归来，气喘吁吁地说，小春呀，我的成分不好，害你三哥都还没有娶上老婆。你的路走对了，你回家，村里上上下下都对我客气起来，我的身子也好起来，亏得你在这种时候来看爹，爹对不住你们，没给你们留个好成分。爹一辈子就只求你一桩事，你能不能把这套衣服留下来，给你三个哥哥用一用？相亲。

刘晓春鼻子一酸，说，爹，中，中！

油灯，那豆粒一般的灯苗，一跳一跳。

父亲说，早点睡，你明早还要赶路。

刘晓春发现，说话之间，仿佛父亲突然衰老了。他把绿军装按他当年在部队的样子，叠得整整齐齐，放到了桌上。

女拖拉机手

解放军第一位女拖拉机手张招娣一下出了名，一大串男人采用各种方式向她求爱，求爱的男人差不多是新疆军区司令部的军官们。

那是一个“比学赶帮超”的年代。全国的报道、各地的同行挑战，像雪片一样飞来，就连当时苏联一位女英雄也给张招娣来信祝贺。王司令员还在她的“战斗日记”上题了词：精通拖拉机技术，保持模范光荣称号。

王司令员听闻军区不少军官想找张招娣的事情，他到机耕农场跟张招娣谈话。

王司令员问，你看上谁了没有？

机耕农场的战友爱叫张招娣为“假小子”。刚参军时，她喜欢说说唱唱、蹦蹦跳跳。自从驾驶了斯大林80号像坦克一样的履带式拖拉机，似乎拖拉机制服了她，她文静起来。

张招娣站在拖拉机房，手里拿着油腻腻的一团布，像地平线即将升起太阳的天空，她的脸红了，摇摇头，说，我还不能考虑个人问题。

王司令员笑了，说，看来你看上拖拉机了，好啊。

张招娣用布揩拖拉机的玻璃。

王司令说，玻璃沾油水了，小张，我替你解围。现在，我命令你，一心一意学技术，五年内不准结婚。

在场的几个小伙子吐吐舌头，他们心目中，张招娣是英雄、模范，简直高不可攀，咋敢有非分之想？何况，司令部的青年军官也沾不了边。

张招娣微笑着说，谢谢司令员。

司令员对场长说，老刘，你要多照顾我们的模范。

刘场长说，这是我给张招娣配的男副手。

司令员说，小高，跟模范一起可没委屈你吧？

小高15岁参军，曾给司令员牵过马，还当过侦察员，1951年4月，他和张招娣一起参加了拖拉机驾驶技术培训班。当时，教学使用两台拖拉机，一台是国民党所留，一台是新疆军区用土特产从苏联换来的，发动时，马达声如放炮，张招娣都不怕。培训结束，学员都来到刚组建的八一机耕农场。张招娣10个小时犁地180亩，创了纪录，农场也因此出了名，刘场长考虑稳固张招娣这个模范，派机耕队高副队长当她的副手。

所谓副手，也就是发动拖拉机。张招娣像个“假小子”，可毕竟是个女人，发动拖拉机相当费劲，发动拖拉机要用摇把，小高轻易地就发动了。

小高傻乎乎地笑了，说，人家想当模范的副手还捞不着呢。

司令员说，小高，就看你的了。

张招娣回应了来自全国各地的挑战书，报上还刊出了她的应战书。她把热情都倾注在斯大林80上了——延长作业时间，甚至一天一夜都在拖拉机里边。有一天，吃夜宵，她蹲在开垦出的地头，捂着肚子。小高问，咋啦？她说，没咋！

小高的眼里，她是个女人，女人的事儿，他不敢多嘴。

终于，有一次，张招娣的手离开了操纵杆，脸惨白，沁出汗。送进医院，是严重的胃炎。

军区政治部确定让张招娣参加赴朝慰问团，医生坚持不同意。司令员下命令，要治好我们模范的病。

三个月后，张招娣回到斯大林80号。可是，她几次疼得脸发白。她让小高驾驶，还不肯离开拖拉机。

刘场长像是第一次发现什么，说，我眼里，她一直是我们的模范。现在，我想到，她也是个女人，总不能以拖拉机为伴为家吧？

军区司令部的青年军官，大多已结婚，或谈了对象。而农场里，司令员的命令人人皆知，都不敢去爱。刘场长把张招娣的情况反映给了司令员——解铃还须系铃人。

王司令来机耕农场视察。他叫来小高，劈头一句：小高，你怎么把我们模范照顾成了这样？

小高说，怪我。

司令员说，有了错就要改。

小高说，司令员，你叫我咋改我就咋改。

司令员说，你和张招娣说过什么话，谈没谈起恋爱？

小高紧张了，敬了个军礼，说，司令员，有你的命令，我咋敢？

司令员笑了，说，敢想不敢干，你还是不是我的兵？

小高说，是。

司令员说，是？你和张招娣相互之间了解多少？

小高说，她的情况报纸上都登过。我的情况嘛，她最清楚，进拖拉机培训班，填干部履历表，我不识字，她替我填了。

司令员说，这不就对头了吗？我曾对你说过，就看你的了，你领会得怎样？笑就是有名堂了。高成同志，现在我命令你，三八节结婚，怎么样？

小高憨笑着，敬了个军礼，说，是！

婚礼十分简单。刘场长主持婚礼，王司令员当了介绍人。先向领导敬礼，再向农场的战友敬礼，最后新郎、新娘互敬。

农场的伙房特地给他俩送来了两桶热水。新郎新娘入了同房　　特地腾出的地窝子。新娘推开他，说，咋那么痒痒？

曾当过侦察员的小高，点亮了马灯，发现床上散布着麦芒，他说，这些家伙预先搞了鬼，都是康拜因里的麦芒末子。

麦芒黏在赤裸的身上，奇痒。高成滞后地痒起来。两个人起来抖“太平洋”床单。然后她说熄灯。出了汗，还紧紧相拥着……

夜色弥漫着地窝子。张招娣蒙在被窝里说，你就像一台拖拉机。

他说，你看，啥在偷看我们？

她钻出头。地窝子的天窗，星星眨巴着眼。于是，她听见了拖拉机的吼叫声。这个1950年参军的女兵（八千湘女之一），想当初，这里还是一片戈壁荒滩，现在，她闻到了麦香。

吃西瓜有多少种方式

我的记忆源头保留着一条黑狗，一个西瓜。

黑狗叫黑子，黑得像黑夜，没有一根杂毛，眼睛如同沙漠夜空中的星星。星星出现的时候，爸爸妈妈还没有回来。我可以从地窝子的一方天窗上望见星星。

花皮西瓜，好像瓜秧编成了绿环，绕着瓜皮。我一闻，就感到里边可以吃。

爸爸从床底下滚出这个西瓜，说，玩，不能用棍子敲。

我抱不住西瓜，它太大，我又不能骑上去，它一动，我就栽下来，它不肯让我骑。

多年后，我在样板戏里的唱段里听到“披星戴月”这个词语，我想起爸爸妈妈，他们总是在星星出来以后回家。顶着星星，扛着坎土曼。爸爸妈妈穿着黄布军装，像把一片沙漠披了回来。

白天，黑子陪伴着我，它像警卫员。爸爸命令它护着我，它摇旗帜一样的尾巴。我的活动范围就在地窝子附近，因为我也像黑子一样，两只手着地，我爬。爬到最高的地方——我们家的地窝子上边，它像一个沙丘。

起初，我还能看见许多叔叔阿姨在挥动坎土曼。我看不出谁是我爸爸妈妈。沙尘飞扬，我以为着火了——尘埃落定的地方，就有了隐隐约约的绿，绿渐渐浓起来。

然后，再远，我已看不见人了，只有沙尘扬起，我知道，其中也有我爸爸妈妈，他们在垦荒——啃沙漠。着火的地方慢慢会出现绿。沙漠往后退。

黑子的两条前腿离地，站起来，我也模仿着站起来。我看见阳光照耀着沙丘，像揭了笼的馒头。我以为沙漠里住着一支部队，一个一个沙丘是一个一个地窝子。沙丘的外形跟我脚下的地窝子差不多。

我担心爸爸妈妈把我忘了，在沙漠里睡觉，把我丢给黑子。我喜欢星星，星星出来，爸妈回来。

我已经能说话了，可是，我还不会走。我以为我会走了——爬。

爸爸看着我，双臂做个欢迎状，呼唤：走过来，向爸爸走过来。我爬过去。黑子走，还摇尾巴。我遗憾缺一条尾巴。

妈妈说，站起来走。我爬到爸爸跟前。爸爸没有把我抱起来。爸爸发愁：这么大了，咋不会走呢？

妈妈说，还不会说话的时候，黑子就是他的伙伴，他跟谁学？

妈妈把我抱起来，说，儿子，爸爸妈妈对不起你。

爸爸来了个正步走，震得地窝子顶的沙尘抖下了，他说，这样，迈脚，一二一，一二一，一二，一二。

妈妈放下我，我双手挨地，翘起屁股，我学着爸爸喊口令。黑子跟我并排走。

爸爸说，这条狗，把我们的儿子带坏了。

我说，黑子也是这么走，你咋不叫它站起来走？

我和黑子都喜欢星星和月亮。沙漠地带的太阳很毒，把地窝子顶晒得发烫，我就躲进黑子的影子乘凉。太阳在天上慢慢地走，我嫌它走得慢。黑子似乎懂得我的心情，冲着西边的太阳，汪汪汪。太阳似乎被吓坏了，一头栽进西边的地平线。

我仰望镶着金边的云朵，黑子冲着天空叫。星星像是听见了呼唤，一颗，两颗，一闪一闪。我朝沙漠那边看：星星出来，爸爸归来。夜色渐渐铺过来。星像灯，一下子亮了。我躺在地窝子上边，盯着星星，好像我的目光是垂钓的长线，一颗星星被海子一样的天空钓出来，我用手去接，仿佛脱钩，星星又回到蓝蓝的夜空里了。

黑子欢乐地叫起来。我看见了人影，还扛着坎土曼。我昂着头，爬过去。我的双手落空，还没反应过来，我的头也掉进了洞口——地窝子的天窗。我要掉下去，非摔死不可。

黑子衔住了我的背带（我穿着开裆裤）。我的两条腿在窗外乱蹬。后来，妈妈说，你两条腿像两条胳膊在挥动。

黑子把我往外拖。我的双手悬空，在窗子里乱舞。爸爸奔过来，像拔萝卜一样，把我拔出来。

爸爸还训黑子，你咋保护我的儿子？

黑子像认了错，一阵呜呜地叫，垂下尾巴。

妈妈抱着我，不停地叫我的名字，好像唤我的灵魂。

地窝子黑咕隆咚。我抬头，方方的天窗能见星星。我一下子哭出来。

妈妈说，能哭出来，灵魂就回来了。

点了煤油灯。光线微弱，撑不满地窝子。黑子不知躲到哪个角落里去了。

我喊黑子，似乎它融在夜色里了，却能看见两颗亮亮的星星，是黑子的眼睛。星星移过来。我摸着了黑子毛茸茸的尾巴。我抱住它，它舔我的手。

爸爸从连队的食堂打回来饭，苞谷面发糕。

黑子摇着尾巴。我搂着它的脖子。

爸爸对黑子说，今天你犯错误了，差一点是严重的错误，晚饭没你的份儿了。黑子呜呜低吟，像受了委屈，嘀咕。

我悄悄地丢给它一块。我也饿了，把发糕往自己的嘴里塞。不一会儿，我感到黑子软软的舌头舔我的嘴唇——粘在嘴边的渣子。

妈妈过来，拍开黑子，说，不讲卫生，舔过屁股的嘴咋又舔嘴巴？我说，我愿意叫黑子舔。

妈妈丢给黑子一块发糕，说，记住，不能上下不分，随便乱舔。黑子摇摇尾巴。

夜晚，黑子卧在我的床边。我时不时地伸出手让它舔——爸爸亏待了它。爸爸妈妈在悄声嘀咕，我听见好几次跳出黑子的名字，我感到黑子有危险了。爸爸妈妈商量着把我和黑子分开。

我真想起来喊，我要跟黑子在一起，我乖，黑子不在，我就不乖。

爸爸总是希望我当个乖孩子。我听见爸爸说黑子的坏话，黑子不在，我可能像人一样站起来走了。

妈妈替我着想，黑子陪着儿子成长，今天要不是黑子，儿子不是掉进了地窝子了吗？

那边声音又小起来。爸爸说，再有个孩子就好了。妈妈说，眼下，黑子就是我们儿子的小伙伴。黑子只是不会说人话，啥都明白。

第二天，天窗还能望见星星。爸爸唤醒我，说，今天起，你们就待在地窝子里，外边危险。

爸爸从床底下滚出一个大西瓜，说，玩，不能用棍子敲。

临出门，爸爸关住了地窝子的门，从外边锁住了门，不是锁，只是用一根棍子插住门。

妈妈曾给我一个拳头大的小皮球，我一拍，它就跳起来。我抛出去，黑子衔回来，有一次，黑子大概饿了，咬狠了，皮球漏了气。现在，拍一拍西瓜，它不跳。

我说，黑子，我们一起玩西瓜。

我不知道怎么玩这个大家伙，实心，拍不起来，还拍不响。它比我的脑袋大好几倍。我的脑袋和它一起，一个小球，一个大球。我把西瓜推过去，我说，黑子，拱过来。

黑子的前爪搭在西瓜上边，它一推，后腿跟着走。

我命令黑子，你站上去。

黑子的两条后腿也往上站，它用尾巴平衡身体，可是，西瓜一滚，黑子仓皇地跳下西瓜。我趴在西瓜上，西瓜顶着我的肚子，我悬空手脚，并展开，像要飞翔。我来了个嘴啃泥，趴在地上。

黑子赶上前，衔住我的裤腰带。

我说，天窗在上边，我没危险，你有本事踩在西瓜上边吗？

黑子双爪搭在西瓜上，它闻着西瓜，还伸出软塌塌的舌头舔。

我说，黑子，渴了吧？

黑子竖起尾巴，像取得胜利一样摇。

我过去，双手搭在西瓜上，我吸着鼻子，闻出西瓜的清甜，我想象瓜肚子里红红的瓤子。

过了许多年，我回忆当时的情景。我完全可以用最原始的方式，用棍子或石头砸开西瓜。地窝子里这两样东西都有。很可能，我束缚在爸爸命令的“玩”的范围里了。我是个乖孩子，爸爸的惩罚——巴掌把我的顽皮给吓得不敢出来了。爸爸还限制我用“棍子”，更不必说，石头比棍子还厉害。我放弃了所有可以借助的工具（刀具不知藏在哪里了）。

黑子带头，开始啃瓜皮。它的眼里，西瓜不是玩具。

好像掏野兔子的窝，从两边下手。我和黑子，隔着西瓜，我也啃起来。我把嘴张大，还是啃不住西瓜皮，仅能刮出牙印。

黑子像逮住一只猎物，它有点儿不耐烦，甚至，喉咙深处发出低吼。

我说，黑子，我俩，看谁先啃到瓜的中央。

黑子尾巴的毛蓬蓬竖起，仿佛它向西瓜发起猛烈的冲锋。

我啃出一个浅浅的小坑，白白的小坑，过一会儿沁出了淡淡的红色的瓜汁，离瓜瓤不远了。

黑子的嘴里，发出清脆的声音，它尖利的牙齿在刨瓜皮。

我探过去头，说，黑子，你固定在一个地方啃。

黑子啃出的小坑比我的深而且大。瓜皮比我想象的还要厚。

我啃得没力气了。我把希望寄托在黑子那边。我套用爸爸的军事术语，说，把碉堡攻下来。

黑子的嘴和鼻子已经能伸进去了，它舔洞里渗出的瓜汁。它的嘴张不开，洞套着它的嘴。

我拍拍黑子的头，说，我们换防，让开。

黑子有点儿不情愿，好像眼看要攻下碉堡，我抢了它的胜利成果，它退下来。

我的手伸进去，先是抠，扩大洞口，然后掏，掏出淋漓的瓜瓤。一股清新的气息散出来，好像瓜里吹出了风。

我捧着瓜瓤，递到黑子面前。黑子又长又软的舌头一卷，就把瓜瓤卷进嘴里。好像缴获了碉堡里的战利品，掏也掏不完。我拿来苞谷面发糕，就着西瓜。我说，黑子，最后还是要我来解决战斗吧？！

黑子的尾巴高高竖起，摆个不停。

我肚子胀了，打了个嗝。我摊摊手，满手红红的瓜汁，又甜又黏。

黑子过来，舔了我的手，又来舔我的脸。我知道，自己一定是个大花脸了，我看见天窗射来一束阳光，非常耀眼。

瞌睡袭来。我尿了一泡尿。我想象自己这泡尿，尿到沙漠里会怎么样。我已经看不见爸爸妈妈，他们在啃沙漠，把沙漠啃得冒出绿。

我宣布，黑子，我们睡午觉。

我做了一个梦，满天星星降下来，像下冰雹，落在我身上，星星黑了，是一粒一粒的西瓜子。我发现我躺在瓜里边，红红的世界。我唤黑子也进来。我醒了。天窗有星星，眨巴着眼。我喊黑子，两颗星星飞过来。我伸出手，又热又软的舌头舔着我的手，手心痒得舒服。

我说，爸爸妈妈收工了。

我听见讨厌的苍蝇的声音，它们也闻到西瓜的香味，一定是从门缝里钻进来的。

黑子汪汪叫，它蹲在西瓜旁边。

我拿出一张白纸，挤出绿色的颜料，用手在纸上胡乱画了几道绿纹，模仿瓜皮的纹路。爸爸当过侦察兵，我想蒙混过关。妈妈托人买来的颜料，叫我画画。我用黑颜料画过黑子，不像；画过沙丘，妈妈说像馒头。画不像，我就懒得画了。

黑子过来，要舔纸，我说，这是我画的瓜皮，不能舔。

我把纸贴在西瓜的洞口，说，像不像？

黑子奔到门背后，欢快地叫，乱摇尾巴，好像有一只大大的手，握住尾巴这个柄，它身子被尾巴摇得乱晃。

门张开了，风携带着沙子扑进来。

妈妈说，关了一天，跟黑子出去兜兜风。

爸爸点亮煤油灯，说，瓜出啥事儿了？

妈妈揭开瓜皮上贴的纸，说，咋这样吃瓜？

我知道露馅了，这说明我还是画得不像。我说，爸爸规定不能敲呀。

爸爸说，瓜皮上都是牙印子，这么笨！狗不知道，你也不知道怎么吃瓜？

我说，我没违犯你的规定，也吃上瓜了。

爸爸说，傻小子，还自豪是不是？说出去，让人家笑掉大牙。

妈妈说，乖儿子，要让瓜裂开，办法多的是，最简单的方法就是把瓜推向顶门的石头。

我说，不能用棍子，还能用石头？

爸爸抬起手，说，你听听，你生的儿子，脑子灌进沙子，就不会开窍。

我赶紧跑到外边——突然我不会走就会跑了。双手离地，两腿迈动。我一下子看见漫天繁星，又蹦又跳。黑子首次仰望着我，像祝贺我进化一样，汪汪，汪汪。

天窗传上来妈妈的叫声：下边在烧饭，轻些走，沙子掉进饭锅里了。

远处，月光照着沙丘。我觉得我站在一个特别大的西瓜旁边，绿洲是沙漠的瓜皮。爸爸妈妈垦荒，把瓜皮弄得越来越厚，沙漠是金色的瓜瓤，我还没进过沙漠。

竹 针

父亲去世后，母亲拆了父亲的遗物——驼毛绒线衣。她开始打毛衣。我甚至能听见竹针编织毛衣的声音，仿佛是骆驼在沙漠里行走的声音。

父亲是个老兵，曾在塔克拉玛干边缘待了40年，在荒滩上开垦出绿洲，离休后，落叶归根，回到江南水乡。相当长的一段时间，他不习惯这里的生活，嫌这里又潮又热。他总是穿着驼毛毛衣。期间，毛衣开线，母亲补过几次，后来，索性拆除，打了一件毛线背心。

我想，要再拆了再打，就不够毛线背心的材料了，那还能打出什么？父亲的死终止了我的担心。现在，我不知道母亲又要编织出什么。

我想，母亲的心里一定在想象中把她和一件织物套住一个人物吧。每一件事情，母亲都有她的想法，她总是要我按照她的想法行事。而且，她事先不透露她的想法，到我做得差不多了，她就提出异议，我不得不妥协。

要是我坚持，她会说，一把屎一把尿，养了你这么大，现在翅膀硬了。

姐姐突然来电话，说，现在我在火车站。

我手忙脚乱，说，你怎么不预先来个电话？

姐姐继承了母亲的行事风格。她说，老娘要回农场。

那是父母“战斗过的地方”，跟天斗，跟地斗，其乐无穷。母亲已九十高寿了，怎么说走就走？

母亲仿佛又返回青春年代，开始收拾行李、包裹。

我在旁边说，趁这个时候，该丢掉的东西要丢掉了。

父母返回江南的时候，也是大包小包，里边盛的都是旧物，我的眼里，那都是没用的东西。现在，几乎都重新带回去。有些东西，根本没用用过，只是过了梅季，拿出来晒一晒，然后又得存起来。简直是旧物来回旅行，岂不是瞎折腾吗？很可能今后还是不用。

趁母亲不注意，我偷偷地把一些旧物塞到她看不见的角落。可是，很快被她察觉。她督促我找出来，重新装进包裹里，还用绳子系住。

我不得不佩服母亲的记忆。每一件旧物，她都能说出来路，甚至故事。我拎起来说，这么重。

母亲说，你别打开。

仿佛一地的包裹是小孩。母亲在农场时，是连队托儿所的所长。

我知道已拦不住母亲，便商定了托运行李包裹。可是母亲说，包裹跟着我走。我反复劝说，托运包裹相当保险，不会像小孩那样失散，随身携带包裹，是顾着你，还是顾包裹？

临走的晚上，母亲拿出驼毛绒线背心。显然，她把织背心的进程和姐姐来接的时间扣紧了。

我仿佛看穿了母亲的想法，说，紧了。

母亲说，穿一穿就宽松了。

反正母亲已经不能监督我穿了，这是父亲穿过的毛衣，我不愿穿。我甚至想，毛背心会紧缩起来——母亲在打毛衣时施了咒。我说，冬天穿。

我在整理母亲随身带的一个拎包时发现了一束竹针，万一母亲不慎跌倒，竹针从包里刺出来呢？竹针纤细光滑，它不知织过多少羊毛、驼毛织物，已经磨瘦了许多，能看出竹子质地的天然纹路。

母亲夺下我手中的竹针，像抢救一般，说，你想干啥？它还有用。

第二天，我送她们乘火车。母亲突然问，托运的包裹会不会跑丢了？

于是我按照火车线路，想象她们到了哪一站，然后转车。5天后的中午，我给姐姐打电话，她说，早晨到达农场，妈妈还没醒。

我说，这么漫长的路，她一定累了。

姐姐说，行李也同时到达，妈妈整理了半天。

我说，怎么那么着急？放一放又怎样？那些旧物带来带去，不晓得丢弃，可能最终也派不上用场。

姐姐说，少了一样，竹针。

我说，不会少吧？是不是途中竹针钻出去了？

姐姐说，妈妈托我叫你找找。

我想到母亲像对待托儿所的小孩那样守护着旧物的包裹。我说，我拿出来了，她又放进去了，我怕它出危险。

姐姐说，妈妈临睡前还不停地念叨，竹针用了七十年了，你就说找到了，不然，她不肯罢休。

我要姐姐传达“找到了”的信息。一刻钟后，姐姐打电话过来，响起母亲的声音，我连忙说，竹针找到了。母亲说，寄过来。我说，现在谁还打毛衣呀？我保证给您保管好。

接下来的日子又通了几次电话，我知道母亲在姐姐的旁边，姐姐对着母亲的耳朵传达我的话：竹针找到了，弟弟负责保管。

冬天第一场雪。姐姐来电话。母亲在电话里说，农场下雪了，很大很厚很冷。我说我们这的雪也响应了。母亲问，驼毛线背心穿上了吗？

其实驼毛线背心压在箱底。仿佛母亲就站在我面前，我拍拍胸口，说，穿上了，很暖和。母亲像突击抽查，说，打毛衣的针呢？我迟疑了一下，说，啊？哦哦，在在在，保存着呢。

猛然，我想到骆驼——沙漠之舟，在茫茫沙漠里行走。我想象骑着双峰骆驼，驼峰已塌了。我渴了，骆驼的鼻子一缩一扩，嗅着干燥的沙漠。我终于松开了缰绳，骆驼不再按照我的意志走。我知道，骆驼前往的方向，某一处一定有水源。

土 坯

农场的生活资料统计表里有土坯一栏，农场职工的口语都称土块。打土坯，盖房子，是居住条件由地窝子向土坯房的重大转变。起始于20世纪60年代，到60年代后期达到了高潮。于是，农场的各个连队出现了营房式的土坯房子，地窝子渐渐被淘汰。

农场流行一句话：打土坯、挖大渠，伤筋掉肉脱层皮，可见这是消耗体力的重活。不知哪个发明打土坯（脱坯）是惩罚“走资派”的最佳利器。

刘政委的脾气很硬，不低头、不认罪。可是，他打土坯的动作就要不断自觉地“低头”。农场的职工戏称完成一块土坯起码要磕五次头（比低头还要深沉的磕头）。

这由打土坯的工序所决定：一磕头，先弯腰往模子里均匀地撒沙子，防止湿黏的土坯倒出时不顺利；二磕头，弯腰用双手掐取黏土堆里够模子容量的黏土，举起，使劲甩并充实模子；三磕头，端着模子走到场子上，弯腰倒出土坯；四磕头，过了一天，土坯稍许晒干了，弯腰把土坯竖起再晒另一面；五磕头，弯腰把基本干燥了的土坯搬起，在场子边码起，从而给新一轮打土坯腾出场地。

一个模子分为两格，一格一块，一块晒干的土坯重七公斤左右，湿土坯有十公斤以上。一般男职工打土坯，一天的定额是400块，给刘政委的定额则为500块——打土坯要承担撒沙、滚泥、装模、刮平、扣模这一系列必须到位的动作，打一块土坯五磕头，土坯让他“低头”；还有前道工序：刨土、泡泥、提泥、醒泥。规定的定额完成了，壮劳力也会晕得像一摊泥了。通常，职工打土坯超额了，奖励休息两天，而刘政委没有礼拜天，甚至，他在团部卫生院的妻子（她曾是他所在部队战地护士）也来帮忙。

专门监督他劳动改造的人，每天验收质量、数量。完不成定额，得加班，月光下打土坯；质量不符标准（缺角、歪斜的土坯），监督人员一脚踏扁土坯，不算数。

一天下来，刘政委的脑袋也像一坨醒过了的泥巴，他什么也不想了，整个身体都紧扣打土坯的工序进行。他还要早请示，晚汇报——晚汇报放在临睡前。

晚饭允许他回家吃，因为他有胃病，发作起来会影响打土坯的进度。

刘政委有个习惯，抬腕看手表，好像战争年代，发起进攻的时间到了。那是块金表，是兰州战役缴获的战利品。王将军派他赴新疆和平谈判时亲自给他戴在了手上。这块手表陪伴他已有24个春秋了，仿佛心脏的跳动已和表的节奏和谐一致了。刘政委没端饭碗，手腕习惯性地抬起——手表不在了。

妻子说，先吃饭。

刘政委起身，赶往土坯场。找遍了，不见手表。他望着场子里排列得整整齐齐的土坯，他挨个儿摔破还没风干的土坯。一块一块依次摔，甚至有点儿气急败坏的样子。

妻子拎着饭盒追来，将近一半的土坯已破裂，像炮弹炸过来一样。她制止他的行动，要他回忆一下。她说，打土坯把脑子打糊涂了。

他的身体已被疲乏占据，什么时候摘下或脱离了手表了？他的脑袋里记起的都是泥巴，但是他坚定地说，手表就在今天打的土坯里。

妻子说，这是你辛辛苦苦打的土坯呀。

他咬定，一定在土坯里。

妻子要他先趁热吃饭，说，我回家一趟，你别再毁了自己的劳动成果。

突然，疲倦席卷着他，像是起了沙暴。他坐在地上，望着一片破碎的土坯，恍惚之中，像是一场战斗结束，房子炸塌。最后一片阳光已收走，夜色渐起，他肚子里发出响声，那么空洞地响，他打开饭盒，像往模子里装泥一样，他用筷子扒拉着饭菜。

妻子从夜色里冲出来，说，你吃你的饭。

刘政委的面前，饭盒里的饭已下去了一截——他的眼里，饭盒也像一块土坯，不过已打开。

妻子蹲下，在剩下的土坯中间行走（土坯的间距勉强够插上脚）。她用听诊器挨个儿贴着土坯听。

刘政委想起兰州战役，打得很惨烈。他被抬进医院，伤病员躺在临时增加的木板上，像场子里打好的土坯。土坯受伤？有病?

妻子终于听见了一块土坯里传出的微弱的“嘀嗒、嘀嗒”的声音。她掰开，月光立刻照出了手表的金色。她喊，手表躺在土坯里。

刘政委说，再迟一会儿，你就听不出来了。

妻子说，它只要在走，就能听出。

刘政委总是在固定的时间给手表紧发条——临睡之前。

妻子说，今天的定额让你毁掉了一半。

刘政委意识到，思考跟身体的状况密切相关。他活动着腰说，这有啥？有力气补回来。

那一天晚上的月亮特别亮，冷冷地洒铺在土坯场上。

事先张扬的喜糖

那个年代，喜糖是结婚的代名词。我没有恋爱，也没有结婚的念头，婚姻就降临到我的头上，可我还不知道具体的对象。

后来我知道，和师部工业处刘处长一起来我们棉花加工厂的那个人叫赵厚土，他曾经是一名副营长，比我大九岁。

我是1952年从湖南报名参军入疆的湘妹子，参军时，我虚报了年龄，实际刚满15周岁。1953年分配我进了棉花加工厂，跟师傅（也是老兵）学习修理轧花机。

1955年8月，这一天，我正在车间检修轧花机，厂长通知我到厂部。李厂长说，李秀春同志，这是师部来检查工作的刘处长，那位是协理员赵厚土。

那位高高的领导来我们厂，跟我这个工人有什么关系？我疑惑地说，首长好。

刘处长笑着说，要吃你的喜糖了。

我说，我还没谈对象，咋就结婚？

赵厚土转脸望门，他一副憨厚的样子。

刘处长还是笑，说，先做个思想准备吧。

那一刻，我觉得什么已罩住了我，而且就在附近。我说，首长，你是不是弄错了？

李厂长说，咋会弄错？你是我们厂的一枝花，不是棉花的花，是鲜花的花。现在，我交给你一个任务，晚上你不用参加全厂职工大会了，安排你在我这个办公室值班。他指指电话机：它随时可能响，你就接听电话。

晚饭后，职工都汇集到大会堂，我按照厂长规定的时间，走进他的办公室。办公室兼宿舍。我从幸电话机没响。可是，听见里边有响动。

赵厚土正在刷牙，满嘴白白的牙膏泡沫。

我一只脚在门里，一只脚在门外，进退两难，甚至以为进错了门。

赵厚土连忙漱口，他呛住了。接着，话从残留的泡沫中冒出来，他说，进来坐，进来坐。

我迟疑片刻，看见办公桌上的电话机，希望它现在就响起。我坐在他搬过来的一条长板凳上，不敢抬头，期望电话机帮我打破这个沉默。那么，我就理所当然地开始值班。

赵厚土先开口，莫名其妙地讲他的家乡，其中说到秦腔。他说，我喜欢听，就是不敢唱，我这莫合烟嗓子会糟蹋了秦腔。

我抬起头，看见他憨厚的模样，我一笑，又低下了头，说，这个电话响没响过？

赵厚土说，没响过，你等电话？

我说，厂长叫我值班，接电话。

赵厚土说，值班？哦哦，我影响你值班了吧？

我说，没。

持续的沉默。我还是第一次跟一个陌生男人单独在一起，我在心里呼唤电话机：你响一响嘛。我猜，一定是厂长让出地方，让他住宿。渐渐地我想到，刘处长说的喜糖可能跟面前的赵厚土有关系。

一起进厂的另外三个湘妹子都已由组织安排结了婚，婚后，有两个已调到男方单位。组织出面，不管你摇头还是点头，都步入婚姻。我没料到，婚姻的事儿突然摆在我面前。第二天，厂里的职工见到我就说，要吃你的喜糖了。

我这才知道，刘处长在全厂职工大会上顺带宣布“要吃喜糖”的事情。

我不愿认命，但我有口难辩。组织宣布过了，我怎么能直接推翻？我只能不摇头，也不点头。一个礼拜后，厂长传达了刘处长的话，说要我上师部报到。他代表全厂的职工，要求我先发喜糖。厂是我的家，像娘家，师傅说，泼出去的水，你已经不是我们厂的人了。

我哭了一顿鼻子。厂长不准我上班，还开了介绍信。我气的是，没跟我商量，也没经我的同意，真的要结婚了？我跟赵厚土也没说上几句话。

结婚报告不是要男女双方签字吗？我不情愿，婚能结成吗？我得正式向赵厚土问个明白。

我搭了运棉花包的车进城。车停在团部驻市的转运站，赵厚土在大门口站着。

我说，你咋在这里？

他说，组织上通知我到转运站接个人。

我的一切行动都有组织掌握着了？肯定是厂长把我的行踪报告了刘处长。后来我了解到，刘处长跟随部队进新疆，而赵厚土的部队接受整编，赵厚土到刘处长那里，关系融洽，成了战友。

我哭笑不得，气也消了。看得出，他也是接受组织安排。刘处长故意保持神秘，想给他一个意外惊喜，只是要他来转运站接个人。

我说，你接你的人吧。

他说，你是不是带了介绍信？我接有介绍信的人。

我发现，他的军服肩上磨破了。他还拎了一个挎包，抓出一把糖，说，先吃水果糖填一填肚子。

买水果糖也是刘处长给他的钱，叫他顺路买了。他领着我到师部。刘处长说，没错吧，今晚要吃你俩的喜糖了。

这当儿，刘处长说，这桩婚事委屈你了，我代表赵厚土同志向你表示歉意，你的组织观念确实强。现在，有什么要求，你尽管大胆提。

我的脸一阵阵地发热。

刘处长说，不好意思？脸红了。这么吧，赵厚土，你要虚心接受，你一个人办不到，组织替你挑担。

这间屋子显然是预先腾出的，有一张木板拼起的双人床，一定是洞房了。

赵厚土说，我这个人条件不好，见你一面我就想，我这癞蛤蟆够不着你这只天鹅，见了你，我就说话说不好，你也该提要求，你提嘛。

我低着头，脑子里出现一片湖水，一碗米饭。

1952年夏，沿途都是沙漠、戈壁，一路看不见水，车上的水也喝尽了，干渴难忍，即将到达团部的时候，远远望见一片湖泊，湖面像一面镜子，波光粼粼。一起的湘妹子欢呼起来，盼望到了湖边洗个澡。我们的身上已生了虱子。可是车开了很久，非但没有接近湖，湖反而消失了。护送我们的老兵说，那是海市蜃楼。

1952年冬，我们在塔克拉玛干沙漠边缘垦荒，兵团赵副司令来视察，特别表扬了我们湖南女兵，问，小鬼们，你们吃饭了吗？我们已经吃过午饭，可是我说，三个多月没吃饭了。十几个湖南女兵异口同声地说，三个多月没吃饭了。赵副司令员说，有这么严重？

其实我们这批湘妹子，在进疆的日子，病号也只能享受面条，算是最好的伙食了。我们吃惯了大米饭，认为除大米饭之外，其他都不能算真正意义上的饭。赵副司令员说，开垦了荒原，明年就种水稻。

开垦出的土地碱性大，连着两年都是试验田，尚未大面积推广。

赵厚土还在说，提嘛，提嘛，你提了我心里就舒服。

我愣了会儿神，没提出想象中的湖泊，那太大。我说，洗个热水澡，吃顿大米饭。

赵厚土的嘴笑得咧开了（他的嘴出奇的大），直说，好，好，应该，应该。

婚后第二天，刘处长安排了一辆吉普车，送我回“娘家”。和赵厚土一起，带了一大包“喜糖”，这是给刘处长的老部下李厂长一个面子。

蚊　子

那天卡车到了连队的驻地，与其说是男兵，倒不如说是蚊子迎接我们。

撩开车后的篷布，一片荒凉。还来不及想这是不是目的地，我们的手就开始招架一群浓烟似的蚊子，噼噼啪啪地拍打着自己的脸和手。又大又黑的蚊子，手上有扁扁的蚊子尸体，还有点点鲜血，又痒又疼。

1952年的夏天，蚊子扑面而来。可是我们看见了清一色的男兵，他们不知从哪里冒出来，每个人的手里都抖着一块白纱布，约有三尺来长。

顿时我激动得流出了眼泪。果然，新疆不愧为歌舞之乡。我们跳下车，他们迎上来，把白纱布交给我们，我这才醒悟，抖着白纱布跳舞，是为了驱赶蚊子。

我接过一个笑得合不拢嘴的男人送的白纱布。后来，他就成了我的丈夫。

他是副连长，我记得他被呛着了，蚊子涌进了他的大嘴巴，他吐了一口唾沫，估计唾沫里裹着好些蚊子。

第二年，他说，拉开幕布（篷布）时，第一眼就看中了你。而我当时没察觉，参军进疆，是来投身边疆建设的。

有一天，指导员通知我，晚饭后到他的办公室有话谈。可是，里边坐着刘副连长。他让出椅子叫我坐。他拉过门边的椅子，一坐下去，椅子响了一下。他双手摁着膝盖，显然把身体的重量转移到腿上，象征性地虚坐着。

门和窗关着，桌上放着一盏马灯，我打算开窗。

他说，蚊子。

此时传来蚊子隆重的叫声。

他脸一红，说，我还没结婚。

好像蚊子已进入屋子，我浑身发痒。过了一会儿，外边传来一声干咳，门打开，仿佛指导员身上冒烟，一群蚊子拥着他进来。他说，好了，你俩的关系就这么定了，老刘，剩下的就看你的了。

我先出门，听见屋里的指导员说，老刘，你把椅子坐坏了，是一个人坐的还是两个人一起坐的？

刘副连长说，你这把椅子就是个摆设，回头我给你修。

刘副连长跟战士们说话从不脸红，他在我面前红了脸，我心里笑了。起码他害羞，还有柔软的一面。

三天后的傍晚，他摆出副连长的架子，叫我一起去看看新开垦的土地。

其实这是第一次约会，大概是正月十五前吧。记得那时，沙漠地带的月亮特别亮特别圆。我梳着两条大辫子，我把辫梢卷到根那里，缠了头绳，还擦了香脂——百雀羚。

他和连长住在一个地窝子里。那时还没地方谈这种话。来到新挖出的一条渠边，渠里流淌着清凉的水，水来自天山融化的雪。他说，过了沙枣花的时节，还有花在开嘛。

我不看他，也不吭声。涓涓的流水，水流向夜色里的田野。我在距离他两米远的渠埂坐下。他问了些生活、工作上的话。我的回答是拍打蚊子。好像田野里的蚊子都赶过来了，我的手能感到脖子、脸上叮出的小包。

他说，打死的是蚊子，出来的是你的血。

我说，咋不咬你？

他说，皮厚，蚊子欺生。

我站起来，从头拍到脚，然后，从脚拍到头。

他变戏法似的，扯出一块白纱布。仿佛又回到迎接我们来的那一天，我还把在家乡扭秧歌的动作结合起来驱赶蚊子。

于是，他蹲着，拍我的脚，裤腿和鞋帮之间的脚。他说，你管上边，我管下边。

同一批来的一个班的女兵，住一个大地窝子，大通铺。我第二天收工归来，发现枕头下多了一双袜子。我问大家，没人回应，只是“哧哧”地笑。

我去刘副连长那里，问他。他说，看见了还问个啥?我说，我不要你的东西。他急了，说，穿了袜子，蚊子叮不进去。

我没穿，我想结了婚再穿。不过，指导员碰见我，说，差不多该吃喜糖了吧？我说明年。明年啥时候？有蚊子的时候。

入冬第一场雪。一个礼拜天，清晨，他骑着一匹枣红马，说要带我进沙漠走一走。我还没正式进过沙漠。我坐在他前边，他说，坐后边，万一掉下去，我可负不了责。

我随着马的奔跑，一起一伏，太阳就从沙漠远处的地平线升起。银白色的沙丘镀上了嫩红，那么辽阔，那么耀眼。我们下马，站到一个大沙丘的顶上。我说，我喜欢沙漠日出。

他说，可惜不是夏天。

我说，我讨厌夏天的蚊子。

他说，我喜欢。

我说，还嫌我挨咬挨得不够呀。

他说，是蚊子把我们咬到一起了，我第一眼就看中了你，我看中的人跑不掉。

我说，啥时候？

他说，卡车到连队，拉开幕布时，我第一眼就看中了你。

春耕春播结束。蚊子出现了，一天比一天多，婚期一天比一天近。指导员让副连长先带个头——结婚。

那天晚上全连开会了，好像是蚊子聚会，它们比人类先进会场（食堂大厅）。我按照指导员的叮嘱最先到，坐最前边。冷不防，一个巴掌拍在我的后脖颈，拍倒了我。

住在一起的姑娘什么时候已进来了？还有几个男的也来了。其中一个爱开玩笑的男战士说，怎么提前躺下了，这可不是床。

我看见刘副连长愣在旁边，说，你咋这么狠？

他摊开手，红着脸说，我光顾着打蚊子……打狠了些。

我躺在地上。

指导员说，老刘，插蜡烛呀，你还不把新娘抱起来？！

刘副连长说，起来，你起来嘛。

我一扭头，说，就不起来。

姑娘们对我说，你就不起来。

顿时响起掌声。我的身体轻轻地离开地面，一双有力的大手托着我。我仰着脸，看见他的脸在我上边，咧着嘴笑。

指导员宣布婚礼开始。他说，连里尊重新娘说定的婚期，就是有蚊子的时候。

连长腾出了房子，还给我俩支起了蚊帐。那天晚上蚊子在蚊帐外边，老刘说，让它们干着急。

我和他如同合成一个人那样，幸亏床没垮。一只蚊子从什么缝隙钻了进来。他要我别动，不等蚊子着陆，他双手合围，说，还没机会咬过你，就被我消灭了。

我和他并排躺着。他搂着我说，其实蚊子叮你的时候，我怕把你叮胖了。

一岁时，他妈就死了，后妈对他刻薄，他15岁当兵，跟了一个老机枪手。后来他当了个排长……他说，娶了你，我踏实了，这辈子我就对你好，现在咱俩是一个人了。

我说，我也觉得像一个人了。

后来连队的战士模仿着我和老刘关于“一个人”的对话，还搬出老刘过去的话……没料到，蚊帐外边是房子，房子外边有人偷听。我说，不嫌蚊子咬呀？！

小兵孙大雁

1948年的一天，还叫孙狗剩的小男孩从一群兵里跑啊跑，又撞见了另一群兵，于是，后一群兵给他起了个新名字：孙大雁。

凭军服，这个小男孩知道，前一群兵是国民党军队，后一群兵是解放军部队。他只知道双方在打仗，只是从包围圈里跑了出来。

后来，他知道了那个叫淮海战役。解放军第一野战军、第三野战军包围了碾庄双堆集一带的国民党第七兵团黄百韬的军队。1964年，他应邀到农场场部职工子弟学校讲战争故事。他已经能在一张淮海战役地图上讲解交战双方的兵力部署了，仿佛他是个指挥员。他已长了炊事班长一样的胡子。

小男孩撞上的就是第三野战军七纵队的解放军，奉命在大许家东站一带构筑工事，阻击徐州西进解围之敌。那天夜里，小男孩以为是一条土坝，他一翻，翻进了战壕。他饿过头的肚子已经不响了，可鼻子闻到了烙饼的香味。

香味通过鼻子，叫他的身体灵活起来。他不害怕给他吃烙饼的大胡子兵。他边咬烙饼边回答问题。

你爹呢？

被抓走了。

你娘呢？

死了。

还有啥亲人？

他满嘴烙饼，摇摇头。

姓啥？

孙，孙了的孙。

叫啥名字？

狗剩。

他噎住了，一个战士立即递上一个水壶。他灰头土脸，另一个战士取来一条湿毛巾，说他像个泥猴。

先前递给他烙饼的大胡子说，姓孙，应该是孙大圣的孙，机灵得像个猴子。

有了烙饼，就把他固定下来了，他不肯离开。他说，有烙饼，我不怕打仗。

天一亮，空中就出现十多架飞机，一个劲地往解放军阵地“下蛋”。大家叫狗剩避在防空洞里，可是他还是探头。

阻击战打到第二天，他望见天空中有一个大大的“人”字。一队大雁飞过战场上空。恰巧敌机飞来扫射。他看见几只大雁坠落，坠落在交战双方阵地之间的空隙地带。

“人”字雁阵虚了，变了形。来送饭的大胡子兵——炊事班班长拽住他并把他按倒，说，小家伙，子弹可不长眼。

他惦记着大雁。天黑了，停火。他说，我来这里放过羊。

大胡子和另外两个战士陪护他趁着夜色（星星似乎也被打掉了，只剩一弯淡淡的残月了），捡回四只大雁。

大胡子炖了大雁，说，《西游记》里有个孙大圣，你就叫孙大雁吧。

孙大雁就跟了大胡子，学烧饭。

1949年进军大西北——过祁连山，大胡子背着大铁锅，把自己的羊皮背心给孙大雁穿。年底，徒步到了阿克苏，屯垦戍边。孙大雁还没有一杆步枪高。不过，他悄悄用大胡子的剃须刀刮没有胡子的下巴。刮了一段时间后，他嘴上长毛了。孙大雁说，嘴上没毛，办事不牢。

挖大渠，工具是铁锹、坎土曼、抬把。哪一件都不适合孙大雁，可他还是想显示一下能耐。

连长说，小子，你把连里的洗脸盆拿来，往外端土吧。

他这个小战士，其实还是个小男孩，衣服似乎等着他长大。当时，只有一套军服，可是，他费衣服，衣服穿在他身上，似乎破得快。

连长给他一件上衣，大胡子给他一条裤子，还都由大胡子改制过了。

孙大雁不愿“窝”在大胡子那里，连长叫他修鞋子。戈壁沙滩开荒，最费鞋子，鞋底磨穿、鞋帮开花。不得不成立一个鞋工班。

孙大雁修补鞋子，比班里其他战士灵巧，他的手似乎长了眼，而腾出了眼，时不时地望一望天空。

麦苗拱出土地的时候，班里的人数减少了，鞋子不如以前多了。晚上，他借着煤油灯光补鞋，眼睛看字——识字、造句。手和眼闲了，他才感到身上到处痒，蚊子已咬得他脸上、腿上都是小疙瘩。

白天，他在胡杨树下补鞋，手不停，眼睛关心天空。终于，他看见了大雁，其实是野鸭，他没见过野鸭，就把野鸭视作大雁了。

野鸭一群一群，漫天都是叫声。只是，他疑惑：它们咋不遵守纪律，排起雁阵呢？沙漠地带的大雁跟家乡的大雁不一样呢。

他注意了“大雁”降落的地方，离麦田不远的胡杨树林里，那里有一个涝坝。

有一天，他在涝坝旁的草丛中发现了一窝出壳的小“雁”，六只，毛茸茸、黄灿灿的小“雁”，还衔他的手指头。他用军帽兜住，带回连队，放在大胡子那里，炊事班里有食物。这一下，他多了牵挂，他早早晚晚，去捉虫子，喂小野鸭。大胡子已纠正过：这是黄鸭，不是大雁。

其他战士似乎也有了乐趣——都是清一色男人，帮他捉虫，逗黄鸭。仿佛连里来了六个小孩。

小小的黄鸭一天一天长大。起先，孙大雁用一个柳条筐子装上小黄鸭，送到了涝坝，傍晚，再接回来。等黄鸭会飞了，熟悉了路线，飞飞走走，早出晚归，总是按时回到孙大雁住的地窝子。

有一天傍晚，他望着沙漠，不见六只黄鸭飞来的影子。空空的一天，有晚霞。他跑到涝坝，太阳落入地平线，收走了最后残留的晚霞。涝坝像是一面镜子，映出一弯镰刀似的月亮。

第二天早晨，他听见叫声，奔出地窝子。头顶六只黄鸭兜着圈子，鸣叫着，飞向沙漠，然后消失。

一连数天，不止他一个人，许多战士，在地里，莫名其妙地停下坎土曼，望一望天空，等待什么。不久，就来了女兵，操着山东口音、湖南口音。

过了两年，连队有了婴儿的声音，哭呀笑呀。渐渐地，有小孩在连队里走或跑了。

可是一年又一年，麦苗清晰地在地上长出一行一行的绿色线条，孙大雁望着一群一群黄鸭经过连队的上空，他总想，里边一定有那六只黄鸭，很可能，六只黄鸭带着它们的儿女重归旧地了吧？他时常向天空招一招手。

大胡子已当了司务长。一次，他过来，拍一拍孙大雁的肩膀，说，大雁，你别光望天空，得顾着大地，你不小了，该找个对象了。

孙大雁当了炊事班班长，他已经学会了大胡子一个动作，习惯地摸了摸下巴上的胡子，说，你娶了女人，我就谈对象。

大胡子搓搓手，说，女娃咋看得上我，在老家，你这个年纪，已抱上小孩了，开饭时，你要利用有利地形，瞄准新来的女娃。

孙大雁望着天空，说，老班长，这又不是打仗。

大胡子说，小孩喜欢望天空，你呀，要学会瞄准地面的目标，不能放空枪。

孙大雁朝天空招一招手。一群黄鸭飞过。他说，老班长，你发现没有，今年黄鸭特别多。

大胡子说，天上的事跟地上有关，今年麦子种得多了嘛。

树上的老头儿

突然，整块地笼罩了阴影，像他家门前那千年胡杨树的树荫。他以为是乌云。他仰脸。一只大鸟展开翅膀，向他俯冲下来。眼见两个巨大而尖锐的爪子即将抓住他，他像野兔那样打了滚，用腿蹬，还挥动着坎土曼。如同一股旋风腾起，拉下一坨屎，像一个偌大石头落下。他被埋进了热烘烘的鸟屎里。

他惊醒。梦里，那大鸟的屎，像一座坟墓，他在坟中，有热乎乎、臭烘烘的感觉。他起床。出门，看见一棵胡杨树。他拿上铲子、筐子——要是有坟墓一样的一泡鸟屎，他的那块地有丰收的希望了。

东边的地平线已发亮。一座一座沙丘，仿佛一群梦中的大鸟飞过拉下的屎。他听见一声鸟叫，忍不住仰脸。确实有一只鸟，羽毛很漂亮，他从来没见过。好像是一滴雨水落在他的额头，却带着微热。他用手一抹，再拿到鼻前一闻：有点臭。

像沙枣那么大的一坨屎。屎已在他的手上散开，他发现软乎乎的屎里露出一粒种子。绿洲所有的种子，他都见识过，可是他辨识不出这是一粒什么种子。他已站在自己的那块地头前，背后几十步远是那棵胡杨树，胡杨树旁是土坯屋，土坯屋像个蹲着的老人。

这块小小的地，表面还跟沙漠保持着差不多的颜色，他已种下了苞谷，估摸着苞谷已在泥土下发出了又尖又嫩的芽了。鸟屎也是屎，他用细棍子拨了鸟屎，埋在了地中央的一个发了芽的苞谷种子旁边，好像给它加了一个小伙伴，他重新盖住泥土，说，好好长，看谁先拱出土。

他还是怀念那一泡像坟墓像沙丘一样的鸟屎。他每天早晨捡粪：驴粪蛋、牛粪饼。渐渐地，屋后堆起了梦里那么大一堆屎。不远，方方的一块地，像绿色的地毯，苞谷苗的叶片，犹如无数小手。他说，你们再长高些，我给你们供好吃的东西。

地中央那粒种子，拱出两瓣椭圆的绿叶，它不是往高长了，而是长出了藤蔓，贴着地，藤蔓到达的地方，苞谷苗纷纷枯萎。补种已过了季节。藤蔓仿佛大鸟头在地上的身影，扩张到整块地。

他特别照顾它，多多施了肥。只是，一些苞谷苗最高也长到接近膝盖，然后，叶子无力地耷拉下来。眼睁睁地看着它们枯死了。而藤蔓已覆盖着整块地。他说，你也太霸道了吧。

他不得不把剩下的粪都施在地中央它的根部。

绿油油的藤蔓里结出毛茸茸的瓜。他几乎能看出瓜在长大，像里边有什么在吹气。而且，瓜皮脱掉了细细的茸茸的毛，渐渐地，由绿转向白。

秋天，白生生的瓜像他的脑袋一般大的时候，停止了膨胀，瓜皮很硬很薄，他敲一敲，觉得像鸡蛋的壳。他想起大鸟的梦。只有大鸟有这么大的蛋。

这一年，颗粒无收，整个瓜地，那么繁盛的藤蔓和叶子，只结了一个白生生的瓜，甚至，能敲出清脆的响声。

他拿了些麦草，模仿鸟儿筑巢，在胡杨树的杈子上铺了一个窝，还将剩余的苞谷面，打了馕。把又白又大的瓜——他已经视为蛋，抱上树，还把光板羊皮袄带上去。他开始孵蛋。

三十年前，他心爱的姑娘，随着父母前往太阳升起的方向，骑着骆驼，进入了沙漠，沙漠的那一边也有绿洲。那时，他娶不起那个姑娘。他坐在树上，想象有一天，一只雌鸟破壳而出，他把鸟喂养得像梦中的大鸟，展开的翅膀如同树荫，然后，他抓住鸟脚，大鸟携带着他飞越望不到尽头的沙漠。一个姑娘向他招手。

有时他似乎听见身体下边有啄壳的声音。他坐在蛋上，手脚发酸发麻了。可是，他焐着蛋，不动，还检查，不让蛋露出来。这么孵蛋，过了十天。一天半夜起风，沙漠的风，携带着沙子。他双手攀着树枝，随着风中的树摇晃。

早晨，风似乎也累了，沙子渐渐沉淀。东方吐出嫩红，多么像遥远的姑娘羞红了脸。他背靠的树枝发出折断的声音。蛋滚出巢，他看见白白的蛋，像果实成熟一样坠落下去，一声清脆的裂响。他看见一只白色的鸽子惊飞。

其实，那是一只觅食的鸽子，吃馕掉下的碎屑。可是，他以为蛋里飞出了鸽子。他懊悔，怪自己没顾了重要的东西，孵的时间还不够，就提前出壳了。

他发现，薄薄的蛋壳还有瓜子，跟原来的种子一模一样，只不过是一包，排列整齐。他饿了，把带有浆汁的瓜子吞掉。他返回树上的鸟巢，不再下来。他的肚子持续地保持着充实的感觉，不吃，不饿。他已习惯了树上的生活。

日复一日，他住在树上，想象自己长出翅膀。不过，他感到喉里一阵一阵痒痒。什么东西在里边慢慢地往外爬？终于有一天，他的目光看见嘴里探出绿芽。他生怕合拢了嘴，咬断了芽。那芽很放肆，像他年轻的时候给姑娘编织的一个柳条圈——起初藤蔓缠着他，然后，沿着树枝，往上生长。仿佛要登向树梢眺望。

藤蔓固定住了他，很舒服。他的身体已剩下空壳，成了吸取营养的土壤。

风吹进他的嘴、耳，发出鸽哨声。有一天，一股从沙漠刮来的风，灌满了他躯壳，突然，他轻轻地飞起来，在空中，响起悦耳的鸽哨声。树上看似悬挂着一个最大的白瓜，连着藤，却坐在鸟巢里。而无数小小的白瓜，像是树上的果实，互相碰撞，发出驼铃般的响声。

我听过关于这个护林员的多个版本的故事。那条防沙林，东边是沙漠，西边是绿洲。老护林员有一杆老枪，没子弹。

炊事员周生清

1946年9月的一天，周生清正在伙房清理灶台，王司令员陪同首长来到他身旁。

周生清撩起围裙擦干了手，敬了个军礼。

首长握着他的手，说，小周，你炒的菜味道不错嘛，愿不愿意留下，为毛主席炒菜？

周生清愣住了。他心里没谱，嫌自己的文化水平低，只不过靠摸索掌握了有限的烹饪技术，能为毛主席炒菜吗？他知道，毛主席和王司令都是湖南人，可是，他跟随王司令已有七年，三五九旅的首长都吃惯了他炒的菜。而且，他已掌握了王司令的口味。

他说，要为毛主席炒菜，我担心自己不行。

王司令说，先征求你的意见，愿意留下，就别回三五九旅了。

他反倒急了，脱口说，司令员，我还是回老部队吧，那里我蹲熟了。

两位首长都笑了。周生清没笑，搓着双手，手似乎要往围裙里躲。

任弼时笑着说，小周重感情，好，你愿意回，就不留。

当时，三五九旅南下北返、中原突围，回到延安，毛主席、朱总司令要在王家坪接见三五九旅团以上的干部。一下子增加那么多桌，临时抽调周生清到中共中央食堂帮厨。

周生清帮厨三个月，仍回到三五九旅部炊事班。不久，王司令把他放到七一九团。七一九团团长闻知周生清的事情，也要享受周生清的手艺。还说，司令员，你派周生清掌握了我的肚子，就等于你指挥着我们的脑袋。

1948年元旦，周生清突然被王司令点名。

三五九旅在山西曲武山下村（当时的旅部所在地），隆重召开全旅指战员大会，庆祝新年，还专门安排了一台文艺节目。

旅部文工团表演之前，先由司令员王司令讲话。他站在台上，问道：七一九团的菜事班长周生清来了吗？现在请他上台。

团长带领着周生清来观看演出。他捣捣周生清的胳膊：王司令点你的名了，看来，要宣布把你收回去吧？你可要咬定，像在延安那时一样坚定。

周生清说，这一回，可能要刮胡子。

团长说，刮就刮，反正你提前刮好了胡子了。

刮胡子，就是批评的意思。周生清双腿似乎不听使唤，他拖着腿，慢腾腾地走上台，而且，低着头，避开王司令的目光。

王司令拉起周生清的手，高高举起，说，炊事班班长周生清，特别关心前方打仗的战士，我们都要向他学习，可是，他还不好意思，我偏要奖励他。

王司令交给周生清一张5元面额的晋南券（边区通用货币）。

做了什么好事还要胆怯？团长问。

我差一点儿把司令员推倒了。他说。

攻打运城——最艰难的关头，王司令趁着夜色到前沿阵地观察。团长派周生清送饭到前沿的连队，他们恰巧在战壕里邂逅。没有星星的夜晚。

周生清说，只见有人影在动，看不清面目，大概司令员闻到了烙大饼的气味——过后，我才知道他还没来得及吃饭。

王司令向他要一个饼，周生清不肯给。王司令揭开筐子上的盖布，取出一个烙饼。

周生清说，当时，我只见一个脑袋和一张烙饼的影子相互接近，还没到达嘴时，我就用左手夺过饼，右手顺势一推，推重了。

王司令用手撑在战壕的一边，站定。

周生清说，我就凶起来，说，前方战士还空着肚子，你怎么抢他们的饭吃？！

夜色里，对面飞出一句话：挺有劲的嘛。

过后，周生清才知道，王司令阻止了随行人员出面，接着，转身离开了。而是旅部的炊事员传来话：你差一点儿把司令员推倒了。

几年前，一次战斗中，不远处一颗炮弹爆炸，周生清的耳朵就不好使了。不过，那个黑咕隆咚的夜晚，王司令员侧影像个老兵。有第一次见到王司令的新战士说，司令员穿着又脏又破的上衣、双膝有补丁的裤子，满脸胡子茬。

1964年10月，周生清已听说王部长来农一师视察，却没料到会来他所在的农场。他是团部一个协理员兼团部招待所所长。

下午，团政委说，老周，王部长点名要见你。

周生清本能反应，说，又点我名了？我还是先不露面。

刘政委同意了。

周生清久已不亲自下厨了。他进招待所的厨房，洗、切、炒，统统由他动手。晚餐时，一个一个菜由招待员端出去，他在厨房里反而忐忑了。

突然 刘政委陪同部长进厨房。

部长说，真人不露相呀，菜都上来了，可人还不出来。

周生清立正、敬礼，说，司令员好！我心里已经没了底，不知菜的味咋样？

部长握住他的手，不松，说，一吃菜，就知道出自谁的手，我忘不了老味道，你老手艺还没丢掉。

一起回餐厅。部长拉周生清坐在身旁，说，现在不揉面了吧？当年，你的手挺有劲嘛，差一点儿把我推倒。

周生清说，司令员，你还没忘记呀？

部长说，怎么能忘？有你这样的炊事班班长，我们就能打胜仗嘛。你爱人是哪里人？

周生清说，山东人，1952年从山东参军进疆，分到我们这个团。

部长给他夹了一筷子菜，说，借花献佛，还记得在延安，你帮厨吗？

周生清说，刘政委还开过我的玩笑呢。

部长说，那一次，你有个机遇，要是留在中央当炊事员……你可是北京人啰，你后悔过吗？

周生清说，这半辈子，我有个优点，做过的事儿，不后悔。想一想，同个村子，同时参军，十二个人，年纪也差不多，就我这个炒菜烧饭的活下来，他们都牺牲在战场上了。有时候，想念死去的那些战友，难受了，我就进厨房炒菜，他们曾经都吃过我烧的饭菜呀，我后悔，他们活着的时候，没能够让他们吃好吃饱……

小 房 子

妈妈腆着肚子，两手扯起羊毛绒衣，对我哥说，过来，试一试。

哥哥套上羊毛绒衣，像从底下钻进去藏猫猫那样，说，正好。

我说，妈，我也要穿新毛衣。

妈妈说，你等着。

我说，等多久？

妈妈说，你长得适合了毛衣。

我想到，差不多一年，妈妈都在准备这件羊毛绒衣。春天开始，我还不知道妈妈为啥对羊胡子发生了兴趣？

妈妈在戈壁滩里像是寻找遗失的东西，她采摘骆驼刺上的一撮一撮羊毛，那是羊群路过，刺挂了羊毛，像白白的胡子，我们叫那是羊胡子。爸爸曾当过侦察兵，他像抓“舌头”一样，跟妈妈一起找羊胡子。

收集起羊胡子，有一大包了，妈妈把羊毛埋在沙子里，用红柳条子打，像弹棉花一样打松了，然后她把羊毛扯成长条形状。

我从来没见过妈妈比量我哥的身体，可是她心里已有了我哥哥的形象。她说，我要开始了。他就像连队造土坯房，木头、土坯准备齐全了。

妈妈挑了一个红心萝卜当底座，上边插了一根筷子，筷子的顶端钉了一枚钉子，这样，世间最简易的手工纺毛线的工具就诞生了。

爸爸参加过南泥湾大生产，他解说，纺线线。

妈妈一只手拧下筷子，另一只手均匀地输送着羊毛。

哥哥喜欢玩游戏——陀螺，他称打牛，他说，妈妈在打牛。

我看看条状的羊毛眨眼间转为细细的毛线，说，妈妈在变魔术。

羊毛线缠绕在筷子上，渐渐胖起来，绕出一个线球，一个一个线球积在篮子里。不知他们从哪里找来了纤长的竹针，它们在妈妈的手里跳跃（哥哥说那是拼刺刀），等到袖管有了形，我想象我穿上的感觉，像冬天在戈壁滩偎在羊群里。

我说，妈，你偏心。

哥哥穿着毛衣在我面前走来走去，他故意馋我。

爸爸抱起我，说，你慢慢长，毛衣在前边等着你穿呢。

我说，毛衣已经在哥哥的身上了。

哥哥说，多暖和，像一件生了炉子的房子。

那时起，我们家就称那件毛衣是暖和的房子。妈妈的肚子瘪了，我有了一个弟弟。

冬天来了，哥哥会套上毛衣，我羡慕他又住进了小房子。

哥哥说，妈妈紧了。

妈妈说，你长大了，让妹妹住。

我套上毛衣，说，有点大。

妈妈笑了，说，你再长一年，就不嫌大了。

小房子不生长，哥哥无可奈何地离开了小房子，我终于住了进去。有一次，我走过林带，毛衣被沙枣刺钩了一下，开了口，妈妈缝住了毛衣口子，让我穿一件外套，保护小房子。

妈妈说，你弟弟还要住呢。

弟弟已经断奶，妈妈的肚子又隆了起来。按爸爸的说法，要造出一群开荒的小战士，把沙漠变成绿洲。

等我的身体和毛衣合身了，我嫌颜色不对。我说，这是哥哥的颜色，我要我的颜色。

妈妈弄来了红色——红旗的颜色。每一天我觉得太阳都集中地照耀着我，我的脸也映红了。

弟弟会走路了。他的脑袋喜欢钻进我的毛衣里，他说，冷。

我说，你赶紧长呀，我们家的孩子都要在小房子里住一遍，小房子只能容下一个人。

妈妈的肚子也像小房子，好像捉迷藏，我们故意不找，倒是里边的小孩沉不住气了，应了哥哥的愿望：是一个小妹妹。

爸爸说，丫头片子。

妈妈说，我再不生了，到此为止。

那时已经是20世纪60年代末。爸爸妈妈的工资各三十一块零八分。爸爸还要每个月给老家寄钱。一家六张嘴，爸爸让着我们，他自己瘦了。我已经明白，为啥带个零头。八分，是邮票的钱，爸爸叫我哥写信给老家的爷爷奶奶。

我已经会打毛线——织手套，可是，妈妈倒制止了我……

哥哥穿过的毛衣，我穿着，感到小房子在紧缩。红房子，弟弟不喜欢。我结束在“红房子”里居住。妈妈说过，红房子好找。有一回，我追一只好看的鸟，迷路了，在田野里，妈妈发现了一点红。

妈妈把毛衣染成了绿色。

弟弟说，我要黑色。

不过藏猫猫的游戏中，黑色的毛衣融入夜色，像一滴墨水滴进了一盆黑汁里。弟弟总是不想让别人找到他。

妈妈说，冬天没有绿色，你穿着绿色的毛衣好看。

爸爸妈妈都宠爱我弟弟。我说，绿色是希望的颜色，冬天的沙漠做一个春天的梦。

弟弟说，我是爸爸妈妈的一个梦吗？

妈妈说，对呀。

我噘起嘴巴。

妈妈拉住我的手，说，你是姐姐，得懂事儿。

我对弟弟说，现在我把小房子交给你了。

妈妈替我弟弟套上了绿色的毛衣。

弟弟扯了一下毛衣，放手，又扯了一下，又放手。他曾一头钻进过红色的小房子——毛线容下了他的脑袋。他当时说，烦，你的肚子像妈妈一样暖和。我说，你从妈妈的肚子里生出来，还想回去呀？弟弟说，外边冷。

弟弟穿上了毛衣。哥哥在小房子里住过一遍，我也在小房子里住过一遍。现在，小房子像新的一样，绿绿的颜色，好像弟弟是一株苗，在冬天的土地里拱出来。

妹妹扎着两根辫子，辫尾有两个蝴蝶结，她在我弟弟的身旁蹦蹦跳跳，两只蝴蝶绕着绿苗翩翩起舞。

妈妈叮嘱，不要爬树了。

绿色小房子在等待着妹妹进去住呢。

弟弟停下手，冒出一句，咋没弹力？

毛衣不是橡皮筋，不是皮球。弟弟从哪里听来这个词的？弹力。

妈妈说，羊毛没力气了。

哥哥说，小房子旧了。

爸爸说，新三年旧三年，缝缝补补又三年。

我替妹妹担忧，她只是看见小房子的表面。爸爸夜里时常咳嗽。我独自悄悄地到林带里，选择骆驼刺多的地方，寻找羊胡子。我想象，战争年代，爸爸执行任务，深入敌后，也是我这个姿势吧？

疏　　忽

来接团文艺宣传队的是个牵着枣红马的男人，中等个头，黝黑的脸庞。

文艺队一行十二人大多数是湖南参军进疆的女兵。那是1951年初冬。两匹马驮着慰问演出的道具，姑娘们背着腰鼓之类的小道具。起初，一路又说又唱又笑。可是，牵着马的男人一声不吭。

太阳高悬在头顶的天空，越走越荒凉，只听到脚步在沙地上的声音，一行人鸦雀无声，好像终于跟那个男人保持一致，那是沙漠的状态。

那个男人虽然是刮过了胡子，嘴巴周围似撒了黑芝麻一样的胡茬根。仿佛他早料到姑娘们不再发声。

文艺队里年龄最小的殷凤渐渐地落在最后，她给自己的腿鼓劲，加油，跟上。

那个男人穿着打补丁的黄军装，故意慢下来。

殷凤赶上来，说，离连队还有多远?

男人说，快到了。

殷凤其实一直在关注枣红马，就问，你这个人怎么有马不骑？

男人说，你骑。

她笑了，说，不。

男人说，为啥？

她说，大家都没骑。

男人说，一匹马咋能让大家同时骑呢？再好的马也要压趴了，你来骑。

她犹豫了下，但双腿不动。

男人说，怕啥？这马老实。

她踩上马镫。他扶了她一把，她使劲跨上了马背，似乎一下子长高了。

男人说，牢牢抓住缰绳哟。

她看见男人的头顶，又硬又黑的头发，像山丘上的一丛红柳。她点头，笑声像一只鸟儿惊飞。

枣红马走到了队伍的前头。殷凤的齐耳短发迎风飘舞，她的身体如同沙漠灌进了水，活起来。她问，快到了快到了，到底还有多远？那个男人仍说快到了。她说，我问过你三回，你都说快到了。他悄声说，总得给你一个盼头、一个信心吧。

她取出挎包里的竹板。昨天早晨，团部命令文艺队，去最偏远的一个连队慰问演出，那是刚组建的一个拓荒者的连队。她临时接到一个新节目：赞颂战斗英雄郭冬森带领战士们开荒的快板书。她骑在枣红马上，练习起来。

“竹板一打啪吡响，听我把英雄好汉讲一讲，英雄就叫郭冬森……”

那个男人上前抓住缰绳，马昂了昂头。他说，这都是过去的事儿了，眼下是向沙漠要田。

殷凤又打起竹板，念唱，郭冬森，不简单，战斗是英雄，开荒是模范，一天开荒两亩三，白天黑夜连轴转……

那个男人说，可不能只讲他一个人呀，战士们都不比他差。

殷凤说，你不服气？

那个男人说，到了。

殷凤说，人呢？房呢？

那个男人说，当心，你就在房子上边。

殷凤以为站在一个沙丘上（地窝子和沙丘的外形相似）。她向那个男人敬了个军礼，说，谢谢，饲养员同志！

殷凤骑着马，停下的地方是连队最大的地窝子。她走进地窝子，觉得像钻进了大沙丘，像童话里的世界，里边摆着白面馍。

通信员向那个男人说，报告连长，演出的舞台已安排好了，明天不刮风。

殷凤一口馒头还含在嘴里，愣住了，睁大眼睛。

后来，那个生于冬天的男人——郭冬森说，你这一对眼睛水灵灵的，真好看，像冬天的太阳。

郭连长说，咋，不饿？

殷凤咽下口中的馒头，脸红得像初升的太阳，她握住郭连长的手，说，郭连长，对不起，我要好好向英雄学习。

郭连长说，趁明天演出前，我给你一个机会，向战士们学习。

殷凤发现，郭连长跟文艺队的刘队长嘀咕什么。刘队长过来，说，小殷，你在队里年龄最小，个头最小，现在你累不累？

殷凤说，不累。

刘队长说，不累就交给你一个合适的任务。现在，派你给垦荒的战士们送开水，文艺源于生活，算是体验一下吧。

郭连长给殷凤指了个方向。殷凤望见的是沙漠，一个一个沙丘像巨浪，再远处是地平线。

一根扁担，两桶水，桶里放着两个碗，碗在水面上漂游。殷凤听见沙子在她的脚下轻轻地响，好像沙子渴望这水溅出。她保持着水桶的平衡，似乎水桶的分量在增加。

约莫走了半个钟头，殷凤抬头（还有多远？），她脱口道，哎哟。

一片沙尘，沙尘里能看见一群男人挥动着坎土曼，坎土曼像在冒烟。

殷凤还是第一次隐约望见那么多男人光着身子，只穿着裤衩。她放下担子，背过脸。风把她的头发吹到她的脸上，像她家乡的水柳，万千条。

怎么把水送过去呢？殷凤冲着沙里的男人们喊，水来了！

风立即刮跑了殷凤的声音，而且，像是要堵住她的嘴。风吹了她一嘴沙子，她吐出沙子。

男人们的身体在沙尘中隐隐约约地摆动。坎土曼折射出太阳的光亮，沙粒已磨得坎土曼像一面面镜子。

殷凤看出没什么反应，就往前走了几步，双手罩在嘴边，喊，水来了！

风还是阻截了殷凤的喊声。她想，那简直像一片胡杨林，没了叶子，等待着水的滋润。她索性爬上一个大沙包，仿佛站在一个地窝子上，她舔一舔嘴唇，有湿湿的咸味，嘴唇裂了口子。

她喊，水来啦，水来啦，水来啦。

后来，结婚的那天晚上，郭连长把战士们的反应告诉殷凤。战士们确实像荒野引来了天山融化的雪水。不过，战士们顾不得水，而是关注女人——殷凤。因为连队是清一色的男人，自拓荒起，那还是他们第一次看见女人。

战士们从沙里冲出来。

殷凤又摆手又呼喊，别过来，别过来，我走开了你们再过来！

战士们的身体清晰起来，沙尘渐渐沉淀。

殷凤像风中的一团碱草，几乎是滚下沙丘的。

战士们停下，喊，别怕，别怕，不要摔坏了。

郭连长带着通信员骑马赶到，对殷凤说，对不起，我疏忽了一件事情。

通信员护送殷凤骑马返回连队驻地。两桶水喝得见了底。

郭连长喊，穿上衣裤，紧急集合。

战士们像起床一样，穿上胡杨树上挂着的衣裤，迅速排开整齐的队列。

郭连长立在沙丘上，说，水好不好喝？

战士们说，好喝，特别好喝！甜！

郭连长说，水还是往常的水，我看你们不是觉得水好喝吧？！

战士们笑了。

郭连长说，严肃点，立正！想一想刚才你们的表现，像啥？从现在起，要严肃军容风纪，不准光着身子开荒了，那会把女人吓跑的啊！

这就是我的父亲母亲的垦荒故事。1953年我出生时，父亲所在的连队周围已是一片绿洲。我是连队的第一个儿子。不久，连队有了许多小孩的声音。父亲说，女人是浇灌荒野的水。

一　棵　树

那一年我已经很会讲话了，却刚会走，因为缺乏营养，我走得迟。叔叔们说，这小家伙走起来像喝醉了酒，但是我特别喜欢走。

爸爸背着我，妈妈扛着两个坎土曼，我们来到地里。那是爸爸和他的战友们一起用坎土曼开垦的土地，望也望不到头。爸爸把我放到地上，说，别乱跑。

其实我还走不稳当，可是我想跑。这时，头顶飞过几只麻雀，我抬头望天，学着跟着麻雀，展开胳膊，做出飞的姿势。我的腿还在地上，怎么也飞不起来，却摔倒了。麻雀叽叽喳喳地飞远了，好像在讥笑我。我不哭，只是用手擦汗珠。

有几天我总是扇动胳膊。爸爸说，不会走，就想飞?

爸爸妈妈听不见我哭，我就不哭。我看见远处着了火一样，所有的人都笼罩在沙尘里，那是挥动坎土曼扬起的沙尘。我坐在一条田埂子上边，我已出不了汗了。太阳像火炉一样晒得地上发烫，我不动。

我站起来，伸开胳膊，想象自己是一棵树。我的头发又粗又硬，我瞅着天空。要是麻雀飞过，一定以为我是一棵树，我的头顶就是现成的一个鸟窝。

飞过几只麻雀，可能是先前我模仿飞翔的麻雀，它们就是不降落，大概认出我是人了。我坚持着不动，时间长了，麻雀就会改变看法。现在这个季节，它们不是在找个地方筑巢吗？我脚底发痒，是地上的热量传上来了。我只当我的脚开始生发根须，细细的根须钻进沙土里，我动了，就扯断了根须，我希望根须发达，我仿佛听见树叶的喧响。

我还想，要是它们落在我的头上，我的头不惊动它们，那么它们就在我头发里下蛋。到时候我也不吃，还不能叫爸爸妈妈靠近，我要等到小麻雀破壳而出。那个时候，我顶着一窝麻雀，麻雀的爸爸妈妈就会追随着我飞了。麻雀一定奇怪：一棵树怎么会走？

我的喉咙简直要冒烟了。两个大人的身影从沙尘里钻出来，向我走来。沙尘渐渐沉下去，还有风，风把沙尘刮跑了，那么多大人顿时清晰起来。

妈妈说，站着不动，干啥？

我说，你别过来。

爸爸说，吃中午饭了。

其实我的肚子已饿得咕噜咕噜叫了。我说，我不饿。

妈妈抱起我，说，晒出油了。

我说，你们捣乱，把麻雀吓跑了。

爸爸说，你在指挥麻雀？

我说，我是一棵树，麻雀差不多要落在树上了。

妈妈说，我们的儿子跟麻雀玩游戏呢。

当晚，妈妈给我洗了澡。一连三木盆水，水还是很浑。妈妈说，一个泥人。我说，再洗就把我洗得没有了。爸爸说，连队的孩子多了，就会有托儿所，现在也好，叫儿子来见一见我们怎么垦荒。

地窝子门前有一棵沙枣树。可能树太少，这棵树上已筑了好几个麻雀窝，像硕大的果实。树枝已抽出嫩嫩的芽叶，已经把密密麻麻的枝条弄模糊了。我折了一根带绿芽的树枝，妈妈还用柳条给我编了一个环帽。

妈妈扛着两个坎土曼，我趴在爸爸的背上，这一下我像一棵树了，绿芽是我的标志。

我迫不及待地溜下爸爸厚实的脊背，根本没听妈妈的叮嘱，要我把沙枣枝插在地上，还要培土。爸爸妈妈不知什么时候走得没影儿了，远处腾起沙尘，像有千军万马，大人们一定在沙尘里，那是大人们制造出的沙尘，再远处就是沙漠。

我给栽好的沙枣树浇了一泡尿，我说，喝吧喝吧，喝了好长大长高。

我离开沙枣树——我已经把插在地上的树枝当成一棵树了。我埋伏在一条土埂子后边，尽量不暴露自己（这是模仿爸爸说的打日本鬼子故事里的情境）。我的眼里，沙枣树正迅速地长高（爸爸说，小男孩的尿有劲道）。

几只麻雀飞到这里，慢下来，大概疑惑：这里怎么长出了一棵树?

我真希望麻雀能听见我的声音：还等啥呢？赶紧造窝吧。

麻雀又飞走了。我想象，我是麻雀，在高高的空中，望下来，一棵树，一个人，一定有埋伏。我失望了，走过去，发现树并没有我想象中那样壮大，反而无精打采了——绿芽已蔫了。喝了一泡尿还嫌不够？可能饿了吧！我扒开根部的土堆，往里拉了一泡屎，不知哪里的苍蝇来凑热闹，我立刻盖住。我想，土里的根这下该鼓起干劲儿了吧？

远处的沙尘散开了，爸爸妈妈突然出现在我的旁边。

妈妈说，拉了屎，要擦屁股，苍蝇围着你屁股转呢。

我说，树咋不好好长？

爸爸说，插根沙枣枝干啥？

我说，我乘凉，鸟做窝。

爸爸说，地中央不能种树，今年连队来拖拉机犁地，有了树也会犁掉的。再说，要用沙枣核种，种出树。

我想到爸爸在巴扎上给我买来的大沙枣。大沙枣早就吃光了，我应该慢慢吃。晚上，我爬到床底下，找到了一颗沙枣核。我吃了大沙枣就乱丢核。甚至有一个核还抽出过黄绿的芽，可能是我把它踩进地窝子的土里了，可惜，它生错了地方，地窝子里没阳光。

第二天，我把那一颗沙枣核埋在田埂子上。当然，我先挖了个小小的坑，往坑里尿了一泡，等于沙枣核靠近它的粮食，吃了睡，睡了吃。

我躲在它旁边，枕着土埂子，要是拖拉机开到这里，一定吓一跳，因为面前立着一棵沙枣树，树上还有几个鸟窝，窝里有麻雀叫，张开黄嫩嫩的小嘴叫，接收爸爸妈妈捉来的小虫子。鸟窝像驼铃，小麻雀还没长毛。爸爸曾将地窝子前边的小麻雀捧下来给我看过，然后，放回去。爸爸说，养不活麻雀，麻雀到了人手里，就生气，会气死。

中午，爸爸妈妈来接我吃饭（连队的午饭送到垦荒的地方）。

妈妈说，你在地里埋了什么？

大概妈妈看出我守护着沙枣核，沙枣树也争气，不钻出来暴露目标。我说，不告诉你。

傍晚，收工，妈妈拍打着我，我像冒烟了——浑身散发着沙土。我趴在爸爸的背脊上，闻到汗水的气味。我问，爸，沙枣核要多久才能长成树？

妈妈扯一扯我的开裆裤，说，又忘了擦屁股，裤子上粘了屎。

几只苍蝇叫着，沿途一直追随着我的屁股，我神气得意。

爸爸说，又是屎又是尿，把沙枣核烧死了。

肥料过多，爸爸不说“撑死”，而是说“烧死”。爸爸怎么发现了我的秘密？

很晚，我听见爸爸妈妈替我发愁。妈妈说，我们的儿子，身体落在年龄的后边了，是不是因为过早摘了奶？

好像我是果实，断奶，妈妈不说“断”，而是用“摘”。

爸爸说，我们的儿子，灵魂抢在身体前边了。

马连长的老婆

1955年，牛指导员赶着马车来团部接我。当时我是团部的机要员。1952年，牛指导员来山东征兵，我报了名。我记得她带着我们十几个老解放区的女兵进了新疆，来到团部的当天，我就吃了她的喜糖，她还叫我当伴娘。牛指导员赴山东招兵前，团长就定了她的婚事——丈夫是一个山西的老兵，团部警卫排排长。跟牛指导员一样，斗大的字不识一箩筐。

我说，大姐，我现在嘴里还留着甜。

牛指导员说，你不能只在上边，也要到下边蹲一蹲。我和马连长一起向团长要求，团长就松手了，马连长跟我都是半斤八两，大老粗。

我说，大姐，牛和马凑巧一个连队。

牛指导员笑了，说，都是耕地的命，不然，沙漠咋成绿洲？

刘排长抱着一个两岁的女孩过来，说，叫妈妈。

女孩搂着刘排长的脖子。

牛指导员像是套索一样，抱住女孩，说，咋不认妈了？妈想你想得厉害。

马在土路上自觉地走。牛指导员似乎还沉浸在女儿那里。她说，心急生女，小杨，你说凑巧，还包括你呢，马牛羊是啥?

我说，家畜。

她说，马识途。

我知道，牛指导员和马连长已经搭档三年了。据说，团长曾有意撮合过他们的婚事。我已认了牛指导员这个大姐。我说，牛大姐，你咋舍近求远啦?

牛指导员说，牛头不对马嘴，他嫌我年纪大啦，这匹马还看不上我这头牛呢。

牛指导员告诉我她的经历：日本鬼子“扫荡”的时候，她是地下交通员，不过，她不识送的信，每一次都能穿过封锁线把信送到。她说，那些年的事没啥说头了。

回忆一下子跳到1952年接我们之前。她说，团首长也替我着急，我三十出头了，好的男人不要我，不好的男人我又不能要，只得将就着跟刘排长结婚了。

我说，刘排长多好，一个男人带着一个女儿，我看不比女人带得差。

牛指导员笑了，说，你看看，我这个女人像个男人了，妹子，听姐一句话，瞅个差不多的男人就嫁吧。女人嘛，早晚都得有一遭。你看看我，姑娘时，跑交通，打鬼子，还要带着老百姓在山里转，三转两不转，转到了新疆，把年龄给转大了。现在不是凑巧，而是凑合了。

我说，大姐，你说凑合，刘排长蛮好。

她说，鞋合不合脚，自己知道，你留个心眼，看上了就别放过。马连长那张嘴从来不吐好话，可是他背后说你的脑子挺好使呢。

去年冬，团里办了个短期学习班，学习植树造林。沙漠边缘的绿洲，要造防沙林。考试我考了第一。我说，培训结束，最后只剩下马连长，他要来了一辆牛车。

牛指导员说，他看我故意派了一辆牛车，要是嫌慢，让他自己套上啦。

我说，我送马连长上了牛车，过了一个礼拜，马连长给我来了一封信，我还能背出里边的句子，人好比一粒种子，需要阳光、水分，不然就不能发芽生长，很有诗意。

牛指导员直笑，笑得马儿奔跑起来，颠着她的笑。她说，你相不相信，这个马连长，就在连部前边等候迎接你呢。

我说，我算啥，我算啥?

她说，团长来，也不一定能够享受这个待遇，团长得下地里找他呢。

果然，马连长站在连部前边，似乎他早已望见了路上的马车。

牛指导员说，你别把姑娘的手捏碎了。

马连长立即松开手，还在说，欢迎下连队，欢迎下连队。

牛指导员说，你就不会说些别的了?

马连长说，你看看，我们这指导员，嘴巴像镰刀。

两个月后，我感到他的嘴像锤子——当然是结婚后。牛指导员做媒——代表组织。可是，我说，我还不想结婚，他比我大好多。

牛指导员说，大丈夫疼小媳妇，战争年代，老马是个神枪手，他瞄准的目标，百发百中。

我说，我还没做好思想准备，要是组织决定了，我服从。

牛指导员笑了，说，你给组织说实话，其实，你们一起参加学习班，他第一眼就瞄准你了。

我说，没说过一句话，只是学习班结束，只剩他一个人，我看他孤独的样子，就送他上牛车。

牛指导员说，算是孤独吧，都那么大年纪了，他给我打电话，故意要车晚些到，因为你，老马也长心眼了。

我说，大姐，这一切都是你们设的一个埋伏，要把我引进来。

通信员把我的铺盖送进马连长的地窝子，那里有组织安排的一张床、一张桌子。团长送了日记本，还送了胖娃画。

1956年春，我害娃娃了（怀孕）。沙漠地带的春天，一连数日刮大风起沙暴，昏天黑地，白天也要点马灯。沙漠边缘的一条防护林，树比胳膊粗不了多少，都刮弯了。开垦的荒地，长出了又绿又嫩的苜蓿。

一个老兵的媳妇（从农村接来的）跟我一起扶树培土，她说，一冬没见绿，我的孩子想吃青菜，掐两把回去烫烫。

老马回来，见了一盘凉拌的苜蓿，他拉下脸，说，你咋能随便掐公家的苜蓿？大家也学着你去掐，你说，我咋开得出口？

我说，我怀的可是你的娃娃。

他拍了桌子，盘子跳起来，他说，人家要是问，连长的老婆可以掐，我们为啥不能掐，你说，我该咋回答？

我很委屈。

白天干活，感到撑不住肚里的娃娃，骨架简直要散开，早晨，我在被窝里稍许赖一会儿，他那半边已空了，听见集合号，我扛起坎土曼，迟到了几分钟。

老马竟然当着全连战士训了我。晚上，我给他一个背。老马喜欢抱着我睡。我想，晚上对我那么好，白天你就翻脸了？

他掰着我，我不转。他哄我，我蹬他。

我说，你这个连长能干得不行，当着那么多人给自己的老婆下不了台，早知道就不答应跟你结婚。

他说，你要不迟到，谁还敢迟到？不对老婆严格，咋能要求别人？进了这个门，你就当我的连长，好不好？

我还得在地里憋着劲儿争取第一。回到家，除了到食堂打饭，他还特意给我炒个菜。他说，我们的儿子要是知道他娘这么能干，他一定跑出来祝贺呢。我说你咋认定就是儿子？他说地里的活儿主要靠男人。

我说按你的说法，女人都撤离算了。他抱住我，说，没有你可不行。我说，当个连长的老婆累。

那一年，团长参加了北京展览会归来，老马去团部听了情况，回来传达——全连点名（是全连农垦战士会议），仿佛他也亲自到过北京。他形容兵团展出的南瓜，他张开双臂，说，我们兵团的一个南瓜呀，有多大？一个人蹲在南瓜这边，那边的一个人看不见。

我即将临产，听着听着就想去解手。外边下了雨，地下泥泞。厕所有点偏僻，我一不小心滑了一跤，肚子硌在一个小土堆上。

第二天早晨，我听见上工号，没迟到。只是腹部不舒服。我扛着坎土曼下地。牛指导员知道昨晚我滑了一跤，过来看我时发现我的裤子湿了，我还傻乎乎的没察觉。

牛指导员有经验，说，妹子，都这种情况了，你咋还来干活儿？这个老马光知道埋头拉车。

连队的卫生员赶着马车送我上团部卫生院。一路上，我躺在指导员的怀里。傍晚，我生下个男娃，五斤三两，没活两个时辰就死了。

老马骑着马来了。他带着一包小衣服（刘排长的手艺）。我难过，已哭不出声，流不出泪。我别过脸，说，你带衣服给谁穿？你积极当好你的连长嘛。

我流羊水已流了一天了，我没经历过这样的事情，我伤心，这个大男人不疼我，心太硬。

牛指导员说，老马，你出来一下。

起初，我听见病房门外牛指导员的话（老马，你根本不懂种地的事），接着，声音降下去了，好像她替我出气，老马只是“嗯”“哦”。我想象不出，老马被刮胡子（挨批评）的样子，但我能想象出他训别人的表情，我领教的次数多了。

过了一会儿，老马像个俘虏，跟着牛指导员进来。她说，这次你身体亏了，要老马多陪你几天，我先回连队了。

老马在病房里走来走去。

我说，看到你，我就想到我是连长的老婆，你也回连队吧。

老马说，不回不回，连队归指导员指挥。

我说，你身在医院，心在连队。

老马立着，就差行个礼了，他说，我身在这儿，心也在这儿。

天色暗下来了。我说，看你心神不定的样子，你还是回连队吧，谁叫我是连长的老婆。

老马向我敬了一个军礼，说，过几天我来接你。

其实我有点儿失望，我客气，你就当福气了。不过，我清楚，他的心里装着连队那片绿洲，谁叫我是连长的老婆呢。

我只提了一个要求，把儿子葬在沙漠和绿洲相连的那片坟地，那里已有几个老兵的坟墓。多年后，老马当了营长（我也习惯了我和他的关系）。农场的职工称那片坟地为十三连。我带领女儿去扫墓说，你哥住在里边。坟墓长了一圈的红柳，我说，你哥也是加强连的一个小兵。

回家后，女儿问，哥哥为啥住在那儿？老马说，你哥打伏击。

伏击谁？沙漠来的沙暴。

每逢刮大风，起沙暴，女儿就说哥哥跟沙暴战斗了，我也参加。

老马说，打仗是男人的事。

我说，你还是重男轻女，没有女人，农场咋能增加这么多人？女人比男人吃苦少吗？

老马举起双手，说，投降，我投降。

女儿跳起来，爸爸投降了，我们胜利了。

雪　孩

一

不用叫，天刚蒙蒙亮，儿子就起床了。他拿上凉馍，背起书包，上学，不是走，而是跑，生怕迟到了。

这一点让我省心，我对儿子他爹说，多像你说的故事里的雪孩，趁太阳出来之前往回跑。

可是儿子他爹挨了批斗，不久儿子就赖床了，头蒙在被窝里。我催儿子，太阳晒到屁股了，赶紧上学。

儿子似乎畏惧学校了。他拖拖拉拉，很不情愿。有一天，我发现他的身上有沙漠的气息，还在他的头发里看见了沙子。我说，你逃学了。

于是，他说起雪孩。不是他爹故事里的雪孩，而是现实里的雪孩，班里来了个插班同学，儿子给他起了个绰号：雪孩。

据儿子说，这个同学长得又白又胖，只是跟班上的男生玩不到一块儿，同学不愿跟他玩。大概是同病相怜吧，儿子跟他形影不离，一起旷课，一定是儿子模仿他爹说的故事里的雪孩：他们朝着月光的方向奔跑，那里是塔克拉玛干沙漠。

儿子说，同学欺负雪孩。

我说，可以告诉老师啊。

儿子说，告了状，欺负得更厉害了。

我说，大人归大人，小孩归小孩，大人出事，小孩不能欺负小孩，我跟你们老师去说说。

儿子说，我们的事儿你别多插手，我再也不旷课了还不行吗？

随后，儿子差不多每天把雪孩挂在嘴上，还拿出一个橡皮擦，让我闻一闻（问我是什么花香）。儿子说，雪孩送给我的橡皮擦。

我说，不能随便要别人的东西。

儿子说，大家都不跟雪孩玩，我要保护他。

我笑了。儿子又瘦又矮，上课坐第一排，排队站头一个，泥菩萨过河——自身难保，还有能耐保护比他大的同学？

儿子挥一挥稚嫩的拳头，说，人不犯我，我不犯人；人要犯我，我必犯人。

我在儿子身上看见了他爹的影子。

儿子舍不得用橡皮擦，总是拿到鼻子前闻一闻，吸一吸鼻子。橡皮擦的香气要被他吸光了吧。

有一天，儿子说，雪孩出洋相了。

我说，看你幸灾乐祸的样子。

他说，我没有幸灾乐祸，我悄悄地给他提示答案。

我说，就你耍小聪明，你回头了？你自己学习不咋样，还给别人提示？

雪孩的课桌在儿子后面。雪孩上课开小差，瞅窗外树上的一只麻雀，岳老师课堂提问，点了他的名，他回答不上来。儿子说，老师还嫌我多嘴。雪孩的耳朵特灵，收听到了我的提示。雪孩上课老是注意力不集中，脑子开小差。

我说，你可不要跟他学。

儿子做出一个端正姿势，说，我在鬼子炮楼下边，咋敢随便动。

我说，老师站在讲台上，你这个比喻不对，你要学好。

这时，儿子他爹瞪了儿子一眼，说，好好学习，天天向上。

儿子嘀咕一句，扫兴地说，人家脑子又没开小差，我说别人，你动不动就落到我头上，真没意思。

我鼓励他，说，我的儿子学习多好，还向别人通风报信呢。

儿子委屈地学我的腔调，瞅着他爹说，还管我呢，泥菩萨过河——自身难保。我说，不能这样说你爹。

每天早晨我一遍一遍催儿子起床。儿子像故事里正在融化的雪孩，他突然上学不积极了，可能是他爹的影响出现在学校里了。雪孩不也是受了爸爸的影响，在学校抬不起头吗？

终于，儿子放学归来晚了，已过了晚饭的时间。他背着书包，头发沾着树叶，我说，你又逃学了。

儿子说，你咋老是冤枉我？是雪孩挨斗了。

屋里没开灯，儿子他爹坐在夜色里抽莫合烟，他的身体里有战争年代留下的枪伤和弹片，逢了阴天就疼，像气象站，他说，弄不好天真要下大雨，我这腰疼、头疼的。

儿子说，故意扯些鸡毛蒜皮占用同学们的时间，我要保护雪孩。

儿子他爹不响，他爹每天打土坯，累得他夜里睡觉直打呼噜。

儿子说，爸爸呼噜像打雷。

儿子沉浸在保护雪孩的角色里，一副英雄的姿势。他重复了三遍，只不过每次讲述的细节略有差异。

我觉得莫名其妙，仿佛这两个小孩趁着夜色，一起向太阳升起的方向奔跑。我说，亏你想得出。

儿子得意地说，同学们还说我表现好。

大礼拜天（农场10天休息一次），太阳还没出来，儿子就出门了，声称约了雪孩一起进树林掏鸟蛋。

半上午，岳老师突然来家访。儿子他爹仍旧在土坯场上打土坯。岳老师问起我儿子在家的表现。

我说，这些日子不知咋了，就是爱睡懒觉，像睡不够。以前不用叫，天没亮就往学校跑。

岳老师说，这孩子近来有点孤僻、不合群，还旷过几次课。我叫他带过条子，捎过话，想约个家长在的时候来家拜访。

我儿子一定销毁了条子。我说，他最近和班里一个同学相处不错，今天又约了一起去玩了。

岳老师说，一个同学？叫什么名字？

我说，只知道绰号叫雪孩，还是个中途插班生。

岳老师疑惑，说，你儿子总是独来独往的呀，这个学期没进过插班生。

我提及三天前雪孩的事情。我还描述，一个白白胖胖的小男孩，有一次上课还开小差，老师您提问，还是我儿子给他提示的。

岳老师笑了，说，你儿子想象力不错，想象出一个不存在的同学、看不见的小伙伴。有香味的橡皮擦是用东西跟同桌的女同学换来的，他舍不得用。

我脑子里浮现出雪孩的形象，难道儿子将父亲故事里的雪孩拽进了现实里，有了个小伙伴？那么，天气预报……

我顿时醒悟，儿子一定观察到他爹对未来天气的敏感反应：身体里边作疼。

我说，我家老头子身体像个气象站，比农场的气象站预报还准确。

岳老师说，这孩子在学校可能有了一次显示能耐的机会，农场气象站预报晴天，他却说要变天了，第二天果然下了暴雨，同学们还对他另眼相看呢。

我对岳老师说起那个雪孩的故事。我担心儿子出了问题，希望像雪孩融化那样，现实里，儿子也要消除幻觉。我希望像橡皮擦擦掉错别字那样，擦掉儿子想象的雪孩。

岳老师说，小孩的事儿慢慢来，暂时不能挑明，就像梦游，不能一下子打断。

傍晚，儿子归来。帽子里垫着一个鸟窝，窝里有十几个麻雀蛋。他说，我比雪孩掏得多，这一回他不如我。

我说，什么时候你把雪孩带回来吧，妈给你们做一顿羊肉拉条子。

儿子说，雪孩怕生，他不随便吃人家的东西。

我要煮麻雀蛋，让儿子享受劳动成果。

儿子把鸟窝放进被窝里，说，我和雪孩比赛，看谁先孵出小麻雀。

我笑了，说，你晚上睡觉不老实，翻个身，不就压碎了？

儿子说，我会小心……一定要孵出小麻雀。

沙漠地带昼夜温差大，半夜我起来给儿子盖被子，发现他蜷曲着身子，而鸟窝就在他的侧身内，像图片里胎儿在孕妇的腹中似的。

儿子他爹的呼噜像拖拉机熄火。我说，你那个故事把儿子害成啥样了？

儿子他爹说，怪我牵连了儿子，但不能怪故事。

我悄悄说，你好好表现，早日解放出来，儿子在学校也好过。

他说，有些事就像感冒，即使不吃药，到了一定时间自然会好。

我发愁，儿子沉浸在幻想里，而且雪孩已经成了儿子的一个幌子。那个雪孩什么时候能融化？

儿子他爸的呼噜像晴天霹雳。我听得提心吊胆，仿佛要出什么事。我推一推他，他稍一转身，又继续响起——他累了。

我看着窗外，有月亮，那么近，在沙枣树梢上边。这个时辰，正是故事里的雪孩趁着夜色奔向沙漠的时候，那是太阳升起的方向。

清晨，东方吐出一片红，他爹早起上土坯场去了，每天的工作有定额，完不成就要受罚。

儿子起床，他说，别动我的被窝。

儿子背着书包上学。我望着他走出连队的背影，书包像他爹的大手掌，一起一落，拍打着他的屁股。

我揭开被子，发现儿子尿床了，他可能过于紧张了吧？我把褥子晾到门前的铁丝上，不规则的尿像一幅地图，乍一看，像塔克拉玛干沙漠。我用被子捂住鸟窝。被子里留着儿子暖暖的体温。我真希望小麻雀破壳而出。

二

在土坯场，我帮爸爸打土坯，爸爸奖赏我——爸爸这个老垦荒者给我讲了一个垦荒故事。他用故事奖赏我帮他码土坯。他讲这个故事的时候，眼睛像星星一样一亮一闪的。他说，小男孩的尿有力道。

好多年以前，爸爸那个连队放下枪杆子，拿起坎土曼，在塔克拉玛干沙漠边缘屯垦戍边。一个连队都是清一色的男人。荒原无遮无拦，热得不行，连裤衩也不穿了。爸爸说，最多的一天，他开垦了两亩荒地。

有一天，不知从哪儿冒出个小男孩。

小男孩又白又胖，像个雪球，很可爱。问他从哪儿来的，到哪儿去。他摇头。问他爸爸在哪儿，妈妈在哪儿，他也摇头。

说不定小男孩的爸爸妈妈带着他穿越沙漠，一阵昏天黑地的沙暴吹散了他们；或许小男孩贪玩，走着走着迷了路，找不到家了。我想起孙悟空，我插嘴，说，是从石头里蹦出来的吧？

可是方圆几十公里十分荒凉，并没有人家。小男孩的表情一点也看不出是与父母失散了的样子。

整个连队乐开了花，收留了小男孩，宣称他是我们连队的儿子。起了个名字叫雪孩，好像是雪山来的孩子，皮肤又白又嫩。爸爸说，亲一口，有点凉。

开垦了那么多荒原，发现缺水。沙漠边缘垦荒，不靠天，而是靠雪山融化的水。大家犯了愁，怎么引水浇灌开垦出的土地呢？沙性土壤特别能吃水。

整个冬天就挖渠，朝着遥远的雪山方向挖。

小男孩喜欢跟我爸爸睡——那时，我还没出生呢。可是，我还是想，那时我在哪里？我多么希望能跟雪孩一起玩。

爸爸说，这雪孩睡一晚上，被窝也焐不热。我爸爸年轻，火气旺，可是，雪孩像一块冰，奇怪的是，那么冷，雪孩还出了汗。

雪孩说，热。

有时候爸爸担心会把雪孩焐化了。

冬天下了一场雪，雪孩像过年一样高兴得不得了，在雪地里打滚。沾了一身雪，仿佛一下子长胖了。我试过，雪贴在脸上，一会儿就融化了。

连队里所有人都喜欢雪孩，雪孩怕被抱起亲。一大堆胡子拉碴的嘴巴，争着亲一亲雪孩的脸，他转着脸躲避叫：扎疼了，扎疼了。

爸爸说，叔叔们都自觉地刮胡子，还让雪孩验收。

大家都担心有一天雪孩的爹娘找来了，可是始终没人找来。雪孩似乎也不想爹娘，谁抱起他，要他叫爸爸，他就叫。

妈妈呢?

连长总是说，快来了。

总不能让一大批“光棍”开垦出绿洲，却没女人吧。

开春，雪山融化的雪水顺着渠道，流进了开垦出的土地，种子拱出了绿芽。不过，雪水还是不够土地吃。

沙漠刮来的风又干又热，像哈出热气。白天太阳像个火球，晒得地上发烫，烫得简直可以煨熟鸡蛋。

雪孩待在地窝子里，不肯出去。他一出去，浑身就颤抖，像风中的树。他说，冷。

父亲以为雪孩生了什么病。那么热，他嫌冷?出了地窝子，太阳下边，雪孩不停地出汗。

雪孩一下子瘦多了。可是，在地窝子里，雪孩活蹦乱跳。地窝子里的大人就不催他出去。太阳太毒，雪孩太嫩。那小脸蛋，胡子茬一扎，就扎出水来呢。水汪汪的雪孩，睡在父亲一个地铺上，像放了一块冰，父亲睡得很舒坦。

一天半夜，爸爸苏醒——他习惯了雪孩陪伴，他发现雪孩那半边床铺空着。爸爸被热醒了，雪孩不在了。是不是白天闷在地窝子里，晚上凉快，雪孩出去玩了。

田野笼罩着夜色，黑得朦胧。爸爸看不清有移动的身影，就喊雪孩。沉睡的大地，声音传出去，远处的沙漠吸收了声音，不把声音还回来。

整个连队的人都醒了，迷迷糊糊走出地窝子。空旷辽阔的田野，到处都是“雪孩雪孩雪孩的呼唤”，只有声音没有身影。远远近近是马灯在挪动，好像星星落在地上在游走。

全连的战士，像失却自己的孩子那样难受。起码，要走也该招呼一声吧？一点儿先兆也看不出。

躺下不久，天就亮了。地平线——沙漠尽头，一轮火球慢慢腾起。

一股风携带着沙漠的气息，吹进地窝子。门口一暗一亮，雪孩进来了。

爸爸抱起雪孩，说，我们以为你不要我们呢。

雪孩一脸一身的沙尘，像雪球在沙地上滚过了。

爸爸给雪孩洗了把脸，示意大家不要追问。因为，大人有大人的秘密，小孩有小孩的秘密。雪孩愿意说，就会说，不愿说，挖出了秘密，雪孩就不会这么亲密了（怪不得爸爸不问我原因，可是，我有什么事儿，妈妈都会刨根问底，没完没了，我最厌烦妈妈这样）。

大家过来亲雪孩，亲一口，像尝什么美味的果实一样，说，好凉快。

爸爸说，刮掉胡子再亲，你们这样，会把他亲破呢。

好像一夜很漫长，所有的胡子都蓬勃地生长出来了。大家纷纷抗议，说，雪孩是连队所有人的孩子。

大家要求雪孩叫爸爸。雪孩对每个人叫爸爸。要是“爸爸”这个名词是指所有的男人，那么，“叔叔”这个名字就是指特定的一个男人：爸爸。雪孩不知道人类发明“爸爸”这个名词的限制。

爸爸在战争年代，曾当过侦察兵。他要去发现夜晚雪孩的行踪。被窝一热，他立刻苏醒。

爸爸悄悄跟踪雪孩。雪孩在夜色的大地上奔跑，朝着太阳升起的方向——沙漠。难道雪孩发现了沙漠里的宝藏？

雪孩进入了沙漠就停住了，竟然要尿尿。

爸爸好奇：一泡尿也用不着跑到沙漠里来尿呀，这孩子也真是的。

一连数日，雪孩都这样，在沙漠里尿了一泡长长的尿，又在沙丘爬上滚下，玩一会儿，总会在太阳还没露脸的时候跑回地窝子。

这小子在沙漠里做记号吧？有一天，爸爸顶着烈日，沿着雪孩奔跑的路线进沙漠，他要看个究竟。他吃惊了：雪孩尿过尿的地方，一片一片的绿，是雪孩把沙漠浇绿了。后来，我也做过一个梦，把沙漠梦绿了。我还非常得意，大人们费了那么长时间，用了那么多力气，还不如我随便做一个梦，梦绿的沙漠，比大人们开垦的绿洲大好几倍呢。

爸爸记得最后一个夜晚，他追随着雪孩，保持着可以望见身影的距离。雪孩跑得更远了——越过已经绿了的那片沙漠。

爸爸不能惊动男孩。男孩一定是在梦游，梦游的人一旦被惊醒，会吓坏呢。

地平线上一片嫩红，雪孩还在尿。尿到的地方，沙地绿了。这小子，想用自己的尿来改变沙漠（我也把我的梦向同学炫耀，还发起要进沙漠去证实，却被爸爸阻止了。我托过羊倌：碰上沙漠上的绿洲告诉我一下，证明我没吹牛）。

太阳一出来，雪孩欲往回跑——一回头看见了我爸爸，雪孩愣住不动了，像被吓得尿裤子的小孩。爸爸发现了他的秘密。爸爸对我说，他很后悔。

雪孩缩小、融化。他融化在沙地里，沙地喷出细细的亮亮的一股水。雪孩完全消失的时候，他所在的地方涌出了泉水。

爸爸根本来不及背起雪孩往回跑。雪孩像一尊雪人晒了大太阳——融化了。连队里唯有父亲知道雪孩的秘密：他趁着夜色奔向沙漠，在太阳升起之前，赶回连队的地窝子。

爸爸跟我妈妈结婚，有了我。我来到垦荒的地方，那时已是绿洲——农场。爸爸带我去沙漠里的绿洲，那里有一眼泉，泉前立着一个石碑：雪孩泉。

现在的绿洲，一点儿也看不出曾是荒漠的影子。

还有更精彩的故事，比如战争故事（他身上的伤痕就是故事的引子），爸爸却不愿讲，爸爸的战友也不说打仗的故事。

我胆子小，碰上危险、恐怖的事儿，我就像雪孩那样缩小缩小。幸亏没缩得不见。妈妈喊魂，又把我喊大了。爸爸说，你要是上战场，一定尿裤子。

妈妈说，你打仗还没打够呀？叫孩子跟你吃苦头。

母　　羊

天一亮，儿子终于睡着了，他已哭不动了。这时，我听见院子有叩门声。

是邻居阿依古丽，她身后跟着一只母羊。

她说，你这个儿子嗓子响得不行，天被他给哭亮了。

我抱歉地说，影响你们睡觉了吧？

那是1960年的春天，我这儿子——老二，出生时遇上“三年困难时期”，我吃不饱吃不好，哪能有奶水？一个晚上，老二一直吃不到奶水，他就哭。我真担心他把嗓子哭破了。我怪自己不争气，不出奶。

丈夫的脸已浮肿，肿得两个眼泡像肉球，只有两条缝隙。他省出可怜的食物让我吃，可还是产不出奶。我简直瘦成了骨头架子。

古丽像是把那只母羊介绍给我，指指屋子，说，人不行，羊行，你的小巴郎就不哭了。

我怎么能接受阿依古丽这么珍贵的礼物？我说，你的心意我领了。

她说，你们忙嘛，羊能带小巴郎，我这只咩咩羊很懂事的。

这时候我发现，羊的肚子后边，硕大丰满的乳房，悬挂着，像一个带蒂的葫芦。

我们和阿依古丽一家已做了三年的邻居，她们是老居民。1952年，我参军进疆，1959年第一次回湖南探亲，还特地带了湖南土特产送给古丽。我的大儿子三岁，常到古丽家的院子，跟那只母羊一起玩。有一次，他要骑羊，我说，那不是马，羊会被压垮的。

白天上班，我把两个儿子关在家里。我叮嘱老大护好弟弟，别骑羊。那时，工资不高，我和丈夫每个月都从工资里挤出10元送古丽。可是古丽总是退回，有一次她说，你再来给钱，我的肚子就胀了。

肚子胀，意为生气。古丽还送来了干苜蓿，她说，草跟羊走。

母羊成了我们家的一个成员，我和丈夫操心母羊的食料，下班后，丈夫到树林里拔草，可是，城里的林带里青草稀少，于是他就跑到了郊外。

一只母羊的奶水只能供老二喝。我看见老大时不时地舔嘴唇，就给他讲道理：弟弟还没长牙齿，不能吃硬食，哥哥要让着弟弟。老大懂事，他点点头。

老二吃惯了我的奶水，起初，他对羊奶不习惯，像是喂苦药一样，他别开脸，咬住嘴，饿得直哭。

丈夫是参过军的老兵，他说，这么好的羊奶他不吃，饿了看他吃不吃。

我把自己可怜的奶水挤在缸子里，兑上羊奶，可是，老二似乎对母乳敏感，他能辨别出比重较多的羊奶，仍然会吐出来。我甚至用勺子撬开老二的小嘴，往里喂。

老二呛住了，直打奶嗝，好像受了折磨一样，把嗓子也哭哑了。

丈夫说，这小子的嗓门大，可以把山喊过来。要是谁在沙漠里迷路，让我们的儿子去喊，准能喊出来。

我背过脸擦泪，感觉愧对儿子。刚生老大那会儿，我的奶水那么充沛，多到可以供养两个孩子。

我参加师部举办的一个会计培训班，坐在教师点，我控制不住自己的想象，如同一只鸟儿飞出去。我想到沙漠里的一眼泉，然后，那一眼泉被乳房替代，我觉得自己的乳房发胀。中午我赶回家，用奶水缓和儿子的哭泣。但不一会儿他又失望地哭了，似乎奶水在中途流失了。

有时我的眼前飞来一只葫芦——母羊的乳房，我想象抱着儿子让他欣赏，然后，儿子亲近它，直接仰脸躺在母羊的身上，吮吸母羊的乳汁。我欣慰地笑了。

傍晚，我在院门口看见阿依古丽，她拿着一个小小的玻璃瓶子，说，砂子糖，放一点在羊奶里，小巴郎还能不喜欢甜?

老二终于上当了，他还是第一次尝到甜味。小孩对甜蜜有天然的亲近。不久，丈夫不知从哪里买了一瓶蜂蜜。老二总算接受了母羊的乳汁。我把这个消息报给古丽，她说，小巴郎容易哄，一哄就哄住了。

老大很会哄弟弟玩，他已经学会了挤羊奶，挤出的羊奶不放糖和蜜。那时，糖的供应也紧张，我逐渐减少放糖的量，老二的嘴巴竟然察觉不出了。

我在培训班里也放心了，不再开小差，那些飞翔的想象也收住了。丈夫体谅我，他不在外测量时，总是揽下家务，还省下干粮（黄谷馍等）给我吃。他说，军垦二代靠你的奶水哺育。我说，靠古丽家的母羊的奶水。

老二已经会爬了，有时在院子里，爬得灰头土面，给他洗澡，一脸泥水。

丈夫说，这儿子跟土地有感情。

有一天丈夫远行，测量一片准备开垦的荒滩，靠近塔克拉玛干沙漠的前沿，要新建一个农场。我在培训班的学习也即将结束，要考试，不知不觉复习得天色暗了。我想起两个儿子可能饿了，我这当母亲的怎么一下子忘了儿子？

院门口，我听不见里边的声音。不对劲——我生出不祥的预感。可怕的寂静，对不起儿子。

我愣住了。那母羊立在院子里的沙枣树下，一动不动。我儿子仰着脸，肉肉的小手捧着葫芦一般的乳房，儿子正在起劲地吸吮着。母羊仿佛很享受。

母羊的头转向我，它顾不得肚子下边我的儿子，叫了几声，然后迎了过来。

我说，你别动，别动。

母羊继续走过来，儿子双手之间被抽空，他保持着吮奶的姿势，没了依靠，顿时摔倒在地，一个嘴啃泥，他哭起来。

母羊跟随着我，咩咩地叫。我抱起儿子，掏出手帕，擦拭着他的嘴，嘴边的奶水沾了泥土。我说，都怪娘不好，你哥呢？

儿子把手指放在嘴里，吸着。

老大在屋里的床铺上睡着了。我推醒他，他揉一揉眼，说，妈，我饿了。

我说，叫你带好弟弟，你咋带的？先顾着一个人睡觉。

两天后，丈夫归来，一身沙漠的气味。晚上，我靠在丈夫的胸前哭了。

丈夫说，别把孩子哭醒了，儿子长大了，母羊的乳汁在他们的人生里会起作用。

老二两岁时，我生了老三，是个女娃。第一口就叫她喝羊奶。我可以腾出精力放在工作上了。羊奶喂得她又白又胖。

女儿会走了，我把母羊还给了阿依古丽。我说，我这两个孩子，我虽然生了他们，但是羊喂养了他们。

我的三个孩子，三天两头去阿依古丽家的院子，老大放学时，还打些草送过去，像是代表弟弟妹妹感谢那一只母羊。

这三个孩子渐渐长大了。我发现，三个孩子喜欢喝羊奶，但是忌讳羊肉，甚至闻到羊肉气味就离席。我知道，孩子对羊有感情。我和老伴也尊重孩子的习惯，饭桌上不出现羊肉。一位相处多年的同事不理解，我就给她讲了母羊哺儿子的情景。过是过来了，可是，我们这做父亲的对子女有太多的亏欠呀。

向前向前向前

我对小说中的巧合很警惕，因为靠情节的巧合凑成的故事，文学意义上有点儿虚假。

所以读了欧·亨利的小说，我觉得他是以上帝的视角在操控人物。但是，保罗·奥斯特那部《红色笔记本》改变了我对巧合的看法。他的姿态很低，用巧合组织过往的生活逸事，把巧合推向了极致，巧合在作弄命运。

我碰上一个巧合的素材，忍不住要写下来。大概是因为我父亲是军垦第一代的缘故吧。

主人公郑勇参加抗美援朝，是个司机。美军的飞机封锁了志愿军的后勤补给线。郑勇开着汽车，穿过炮火硝烟，九死一生，他幸运地活了过来。

郑勇所在的运输部队分到了慰问信，那时国内兴起给“最可爱的人”写慰问信，抬头没有战士具体的姓名，那是泛指志愿军战士。这种形式倒似漂流瓶，分给郑勇的信里还夹了一张照片。照片里一个清纯的姑娘，向他微笑，蛮可爱，大概十多岁的样子。

郑勇把来自祖国的姑娘的照片夹在日记本里，时常要看一看。那姑娘的微笑像阳光一样灿烂。姑娘的形象就住进了他的心田，他会采一朵金达莱花插在日记本里。他的嗓音不咋样，可是他喜欢哼一支歌：向前向前向前，我们的队伍向太阳，脚踏着祖国的大地……我们是一支不可战胜的力量……

战争结束，郑勇回国，转业到了新疆——屯垦戍边。在戈壁沙滩上开荒造田，都是清一色的男子汉，婚姻的问题渐渐摆到面前。连队里女人很稀罕，“狼多肉少”，组织上也在内地先招女兵，后来招支边女青年。渐渐地，连队有了女人的气息，接着有了小孩的声音，绿洲有了生机。

可是郑勇好像不急不躁，别人给他介绍对象，他似乎没兴趣。大家猜他也许有了心上人，他也笑一笑，不说。

战友发现了他珍藏的照片，催他赶紧探亲——娶过来，光看照片解决不了问题。

郑勇说，这算不算有了呢？我只有她的照片。

战友说，月光高悬在天上，嫦娥一看是沙漠，还愿意下来？

郑勇指着照片，纠正道，她的笑像不像沙漠地平线升起了太阳？

农场配备了拖拉机，先是斯大林100号（指马力），履带式。郑勇开过汽车，他当了军垦第一代拖拉机手。后来有了东方红54，也是履带式，他要求换到“东方红”。

东方红54，通身红漆，像披着火红的阳光。那本没有记日记的日记本也放在驾驶室里。沙枣花开了，他采一束插在本子里。他特别喜欢朝太阳升起的方向开——沙漠里初升的太阳总能唤起他心里一种蓬勃的情绪。他说不清那是什么情绪，但他喜欢哼那首歌：向前向前向前，我们的队伍向太阳……

有一天，他到食堂打饭，又是最后一个吃饭。吃饭不积极，思想有问题。其实，他是收了工，洗过脸，换了衣——他莫名其妙地开始讲究卫生了。他往食堂那一方窗口递进碗和票，接着一张脸占了窗口——他总是要看一看菜勺的运行。咦，分明换了人，一个女人掌勺。沿着掌勺的手往上瞧，瞧住了脸。他立即退出脸，接了饭菜就走了。

照片上的那张脸，他看了许多年，咋出现在食堂里边？难道是从照片里跑出来的？那个照片里的姑娘还冲着他微笑——他的帆布挎包，上班下班随身带。

他忍不住去打听，原来是连队刚调来的指导员，叫刘巧珍。是不是看了那么多年，把她给看了过来？那一夜，食堂里的女人和照片里的姑娘，在他的脑子里进进出出，忙个不停。

这一天，女指导员来到机务排。郑勇故意不出去，只是擦拭着“东方红”——保养机车，他看见她过来，心就怦怦跳得厉害。

女指导员用手抹了一下车身，“东方红”一尘不染。

郑勇脱口说，指导员，我给你看一张相片。女指导员接过相片，说，这是我呀？咋跑到你手里了？这可是我在山东农村里拍的唯一的照片。

郑勇又拿出慰问信。

当年，女指导员只是老解放区的一个农村姑娘，她喜欢军人，老是想参军。后来，新疆生产建设兵团在山东招女兵，她赶紧报了名，分配到农场，她是那批女兵的领队。后来就带出了有名的铁姑娘排。几年下来，她被提升为了指导员。

这么巧的事儿，他终于把真人和照片中的姑娘合二为一了。郑勇的战友也来劲儿了。其实两个人一见面，相互都有了好感。一张照片竟珍藏了那么多年。那么远的路途，那么大的空间，在沙漠边缘的绿洲相会，郑勇“向前向前向前”，就跟女指导员结了婚。

结婚那天，正好是春耕春播动员大会的同一天，没有婚假。所有的拖拉机都开赴解冻的田野里了，白天黑夜，拖拉机都在吼叫。机务排的人员三班倒，人歇车不歇。郑勇是前半夜的班。

半夜换班，郑勇吃了夜宵。按常规，换下来就该睡在露天，一件羊皮大衣裹起来当被褥。郑勇想到新娘，就踏着朦胧的月色往家走。在他的眼里，那天晚上的月亮特别净，像一面镜子。

他悄悄推门进家，特别想听听新娘迎候的亲热的话语。可是，他吓了一跳。

黑咕隆咚的夜色里，传出她的声音——谁？！

郑勇以为自己闯错了门。

灯一下亮了，新娘竟然打量起新郎了，或许是因为新郎还没住进她的心里。

他说，巧珍，咋不认识我啦？

她说，洗一洗吧。

田野的尘土蒙住了郑勇的模样，一洗脸恢复了原样。他想睡在家里，因为天亮才交接班。

她抱着他说，你回地里吧，明天早晨连队的人看见你从家里出去，我这个指导员……得以身作则，对不起你这个新郎官了。

他说，谁叫我是指导员的男人呢，得维护你的威信呀。

太阳从沙漠的地平线照常升起，可是连队一片纷乱。女指导员赶到现场，抱着已经被犁切开的羊皮大衣，只是流泪。她憋着没哭出来。郑勇已碎，混在翻耕的泥土里，凑不出完整的身体，人们只是找出了地里的帆布挎包。

半夜郑勇回到田野，裹着羊皮大衣，躺在还没耕过的地头。他的徒弟开着“东方红”，犁过了郑勇睡的地方，丝毫没察觉地里有人。后边的农具手以为是那片地的芦苇特别多。

女指导员回到新婚的房子，第二天再出来，两个眼睛已红肿。

周副政委来参加郑勇的葬礼。女指导员叫一声“大姐”就哭出声来。她自责，说，我要不催他回到地里，他就不会离开我。女政委说，在塔克拉玛干沙漠，做个女人不容易，做个女指导员更不容易。

坟墓就设在沙漠里的沙丘上，那上边长着红柳。她把布挎包一起葬了进去，挎包里的日记本夹着她的照片（她在照片背面写上了刘巧珍三个字和年月日），还在里面夹了一束风干的沙枣花。她说，让我的照片在里边陪着你。

到了水稻孕穗的季节，沙漠吹来的风泛起层层稻浪，一波一波，涌到遥远的防沙林边。郑勇牺牲的那片稻田好像跟别处不一样，稻穗颗粒更加饱满。

秋天收割后，女指导员去沙漠的坟墓。好像坟墓已融入沙丘，只是那一丛红柳，花儿开得特别欢。太阳在地平线升起来，阳光把沙漠照得金光灿灿的。沙丘前放着录放机（托知青从上海买来的），播放着歌曲：“向前向前向前……”

那是郑勇常唱的歌，她在心里跟着唱。

陶 罐

郭家的祖宗三代都跟疯沾着边。

爷爷叫老疯郭，儿子郭大疯把他从口内老家接到农场，他的疯好一阵，差一阵。吃饱了就不疯，挨饿了就疯。吃了不少药，儿子最清楚爹，粮食能稳定爹的疯。老疯郭是老家的乡亲起的绰号。老疯郭眼花、耳聋，可是他的鼻子很灵敏，按连队职工的说法，唯一不疯的是鼻子。哪家职工悄悄地烧饭，他就循着食物的气味上门，说我的糊糊，准是苞谷面糊糊；说我的馍馍，准是在蒸馒头，吃了东西就不疯了。

郭大疯，本名大风，出生的时候刮大风，老疯郭顺口起了这个名字。大风饿得受不了，投奔了解放军，他很勇敢，跟敌人打仗，冒着枪林弹雨，呼呼地往前冲，好像子弹绕着他飞，战友提醒他躲或卧，他还是冲冲冲。知道他父亲叫老疯郭，大家就叫他郭大疯。

郭小丰的名字大概是因为，爷爷不敢想得太好，就盼望小丰收。他生在“三年困难时期”的头一年，母亲没有奶水，是靠喂面糊糊把他养大的。小丰吃饭喜欢用大碗，捧着喝糊糊，像往脸盆大的碗里拱。我母亲说他前世一定是个饿死鬼投胎，一个饿鬼，吃相难看，像疯子。沿袭下来，大家就都叫他小疯。

祖孙三个都爱舔饭碗，舔得跟洗过一样。

郭小丰能吃，后来谈恋爱的时候，竟然成了女方父亲拍板的一个优点：能吃就能干。只是，在女友的调教下，郭小丰文明起来，不再舔饭碗。可是吃食堂，家里总要备着粮。

结婚后，郭小丰承包了家里烧饭炒菜的工作，单是面食，他能弄出许多花样来。拉条子、揪片子，做起来像耍魔术。后来他进了场部招待所，当了厨师。兵团、师、团，一级一级，层层组织、搜集、编辑中国民间故事集成。我被调入了团里的民间文学集成编辑委员会。

郭大风重述了一遍父亲的故事，夸张得更厉害，这个版本更适合“民间故事”的风格。

郭大风的家乡曾经又穷又苦，一年到头不是风灾就是雨灾。有一年碰上了好年景，庄稼成熟了，人手就缺。那是老疯郭最吃香的一秋。村里村外、山前山后的农户都要他去帮忙收割，都担心老天突然变脸。

老疯郭开心得合不拢嘴，满口答应了所有的人。第二天开镰，出了怪事，所有雇他收割的农户的地里都有一个老疯郭，而且是一模一样的老疯郭。每一户农户都以为老疯郭在自家的地里。

晌午，农户当然要送饭到地里。那一带饭都装在陶罐里，一是保温，二是算计，饿怕了，陶罐上一星半点残饭，也习惯用舌头舔。

农户惊奇疯子郭的做法，吃空了陶罐里的饭，把陶罐放在膝盖上边，竟然顺手把陶罐翻了个外在里、里在外。陶罐到了老疯郭的手里，简直像翻橡皮袋。他舔得干干净净，再翻回原样，而且完好无损。

农户都傻了眼，互相一传，所有的老疯郭都那样做，都以为他有孙悟空的本事，拔一小撮毛，一吹，遍地都有“疯子”了。

郭大风这么说父亲：可能是饿怕了，逢了丰收，一高兴就分头行动，那么多“同一个”人一起吃，不就能够抵抗今后的饥饿年月了？

收入团里民间故事的那个版本，我用的是录音机，讲述者郭大风使用方言很频繁。采录地点在寂静墓地。

那一天，我主动提出跟郭大风去他父亲的墓前。每年秋收完毕，他都给父亲扫墓。坟墓一周移植来了红柳，像花圈。

墓前摆了一盘又白又软和的麦面馒头。他说，爹，你的故事要进书里边了。

他又说，爹，你在那边吃不上这么好的馒头吧？要是不够，你给儿子托个梦，我蒸出馒头给你送过来，我们这边不缺了。下一次，我在这里给你现场蒸馍。我们连队的墓地在沙漠的边缘，前边有一条防沙林屏障，那是沙漠和绿洲的分界线。墓地的背后是无垠的沙漠，好像连绵的沙丘也是坟墓。真正的坟墓跟沙丘相比，像是一个大蒸笼里同时蒸的小馒头。郭大风看一样事物，总是用吃的去比喻。

郭大风已离休，现在近期发生的事儿他反而记不清了，可很久之前的事却记得清晰起来。他欣慰，父亲在离世前过了段正常的日子，病情让粮食给稳住了，不治而愈。

瞌 睡

童喜打瞌睡出了名。有人说，农场里如果举行瞌睡比赛，他毫无悬念是冠军。童喜和我父亲是战友。

1947年，童喜参军时还不够十五岁，却多报了两岁。

他特别贪睡。一次战斗中，围而不打，等着下达命令。在战壕里，炊事班送来了馍馍，童喜咬了一口就打起了瞌睡。大概梦里感觉到肚子饿了，惦记起了馍馍，一伸手捡起一块土块啃。啃得不对劲，就醒了过来。

班里的战士还在吃馍，都看着他直笑。于是，他有了个绰号：小瞌睡。

1958年，农场号召向沙漠挺进——平沙丘造良田，向沙漠要绿洲。那时，生产条件恶劣，全靠军垦战士挥舞坎土曼，一下一下地平掉沙丘，早出工晚收工，两头见不着太阳，又苦又累。

童喜的坎土曼不能停，一停瞌睡就上来。他真想平沙包一样平掉瞌睡。炊事班老班长送来了饭，等吃完了饭，接着干活。过了半个小时，还不见童喜的身影。

我父亲想起童喜离开吃饭的地方，可能去沙丘背后解手了吧。班长说，一泡尿也不能那么久吧。

班里的人猜到童喜打瞌睡了，却料不到，童喜靠着一棵胡杨树，双腿叉开，一动不动地站着。那姿势如同骑马跨裆。童喜一定是解小手的时候打起了瞌睡。大家就说他，大白天抱棵树，是不是当老婆了？

一传十，十传百，这件事传成了童喜抱着树亲嘴。

班里照常开民主生活会。童喜主动自我批评，他说，我不该打瞌睡，今后我要克服打瞌睡的缺点，大家叫我克睡吧，克服的克。

那时起，连里的人都叫他小克睡。有一回，他抓住叫他绰号的小孩，问，什么克？说对了就放了你。

小孩答，克服的克。

1966年，童喜给老家的信终于有了着落，同村的一位姑娘带着他的信来投亲。入了洞房后，童喜的呼噜就响起了。

按童喜的说法，土地肥，种子好，结婚不久老婆就有了喜。童喜像小孩一样欢喜。可是，他头一挨枕头，呼噜就会响起。就像连队文教家里的唱机，把针臂搁在唱片上，就会播放出歌曲。

童喜老婆担心家乡的父亲，所以会失眠，童喜弄不懂世界上竟然存在“失眠”这个东西。

有一天半夜，老婆把他推醒，说，你是猪呀，这么能睡？

童喜一看闹钟，说，后半夜了你咋还不睡，你不睡，肚里的孩子也不能睡，睡吧。

老婆再次推醒他，说，你真自私，光顾着自己睡。

童喜说了半句话又睡着了，这半句是，你嫉妒我的睡……

老婆第三次摇醒他，还坐了起来。

童喜迷迷糊糊地说，半夜三更不睡干啥？

老婆提出，你陪我说说话。

没说三个来回，童喜的呼噜声又响了。

老婆生气，第二天一早，说他没心没肺，吃了就睡。

农场里有什么他不想参与的事情，他借口自己爱打瞌睡。不过，他干起活儿来可不含糊。

我父亲在马厩里当饲养员，童喜已赶起了马车，运肥或送饭。他属马，喜欢马。收了工，他特意到涝坝洗澡，把马的鬃毛刷得蓬蓬松。他手里的鞭子从未落在马身上过，只是虚晃一鞭，甩出个枪声一样的脆响。马识途，车上装什么，什么时候该上哪儿，没误过事儿。他时常抱着鞭子打个盹，他称那是"革命生产两不误"。

不过童喜还是耽误了一次。那年春天，苜蓿刚长出一拃高。他给菜地里送肥料，卸了肥往回赶。春天的阳光暖洋洋的，他坐在车辕旁的板子上很快打起了瞌睡。

那匹马大概闻到了风吹过来的鲜嫩的苜蓿气味，拉着空车拐进了地里，痛痛快快地吃了一肚子苜蓿，吃饱了又喝了渠里的水，最后马胀肚死了。

童喜硬是不肯让别人剥了皮（改善伙食），他把马的尸体运到沙漠边缘——那是农场职工的坟地。跟人一样，童喜给这匹马做了一个坟墓。

童喜受了处分，他做了深刻的检讨，说自己革命的觉悟不高，这辈子打瞌睡给革命造成了损失，今后一定要克服打瞌睡的毛病。

我父亲安慰过他，说人有人的追求，马也有马的追求。

过后，他又回到大田，拔草、割稻、挖渠。只是他的手一停，瞌睡就趁机来，像摸岗哨，防也防不住，挡也挡不开。他感到对不起那匹枣红马，抽个礼拜天，他叫儿子一起去给马上坟。

他对儿子说，爹这辈子没做过伤天害理的事儿，就是有个缺点，打瞌睡，咋改也没改过来，是我打瞌睡，害了我这个好伙伴。

童喜和儿子移来一窝一窝的苜蓿根，在枣红马的坟墓周围栽植了一圈。

1976年，我被抽调到营部职工子弟学校任教，童喜的儿子在我教的那个班。有一回我去家访，说起了他儿子作文里的那匹枣红马，那篇作文被当作范文在课堂里讲评过。

童喜一脸的皱纹使我想到胡杨树。他说，怪不怪？年轻的时候使劲想改掉的毛病，咋改也改不掉。这两年打瞌睡的毛病不用克服就自动改掉了，现在老是睡不着觉，我尝到了老婆说过的失眠的滋味了。

我说，我爸也失眠。那时我怀疑父亲遗传给我了失眠。我知道，我的失眠和父亲的失眠完全是两种性质的。我的年龄仅是童喜的一半。大概父辈们大半辈子经历的东西多了，沉淀、积累，把瞌睡虫给挤出去了吧。

不　　挑

我有一个初中时的同学，又是同一个连队的，很要好，他叫姚顺。据说，是他父亲起的名字，取顺其自然的顺字。可是，姚顺的父亲叫什么名字，要问连队的职工，恐怕没几个人能说得出。

不过要问起不挑，大人小孩都知道。不挑是姚顺父亲的绰号。连队“点名”大会（表彰大会），不挑总在先进名单里，大家顺口就叫他不挑。

渐渐地，不挑就像他正式的名字了。脏活累活分配给他，他从不挑，连队里分瓜果，他也不挑。有一回，分到的西瓜里有个生瓜，老婆要去换，他说，算了，不分给我们也会分给别人，神仙难知瓜中事呀，我吃生瓜，生瓜也是瓜。

听连队的老职工说，当年有两个女人暗暗喜欢不挑。第一个接近他的女人就成了他的老婆，很简单，她省给不挑半个苞谷面馒头。这个女人给不挑生了个儿子，叫姚顺，生得也顺。不挑在地里干活，连队文书赶来报信，说，你老婆要生产了。他想送老婆去团部卫生院，可赶到家时已听到姚顺第一个宣言——哭声。

不挑从来不给老婆买东西，因为他不挑，他买回家的东西老婆看不上眼。老婆很挑剔，不是说贵了，就是说差了。于是，不挑就当起了“甩手掌柜”，反正老婆买回的东西样样都好。

据姚顺说，他只知道爹给娘买过一回鞋，还是娘指示爹亲自去买的呢。因为那是姚顺娘40岁生日。连队离团部的商店近。姚顺娘怕不挑记错了，就在不挑的左手心写了鞋的款式和号码，还强调，一定要细心地挑一挑。

那是一种农场当时流行的军用胶鞋，男女都一样，包括草绿色的军便装。不挑看见鞋柜里摆着的军用胶鞋，其实已经记住了老婆的交代，他还是摊开手掌，证实了记忆的准确无误，他把老婆交办的事情当任务一样去完成呢。

他说，你给我拿一双三十六码的吧。

女营业员从柜台里取出两双同样尺码的军用胶鞋，说，你自己挑吧。

他似乎面临一个难题。何况老婆一再叮嘱，要挑一挑。不挑已出了名，他仿佛要正名，这一回一定得认真挑一挑。

看看这双也可以，瞅瞅那双也行，这一挑不要紧，竟费了差不多半个钟头。营业员也不耐烦了，说，你到底买不买？你一个堂堂男子汉就这么挑剔？

不挑犯倔了，说，怎么，我不能挑？

女营业员说，能挑，也不能这么挑，一个男人这么难弄。

那年月都是统一款式，没什么花样，看不出差别，不挑心里犯嘀咕，而且他尴尬，女营业员居然这么说他。他说，不挑就是男人了？不挑就好弄了？

女营业员说，你拿不定主意，我帮你挑好不好？

不挑说，你去招呼别人，我慢慢挑好不好？我先付钱。

女营业员到另一边去了。

不挑试着用老婆的眼光挑，可是无论他如何努力也使不上老婆的眼光。他发觉，自己根本不知道老婆挑剔的眼光。进而，他感到自己多么不了解自己的老婆。甚至面对两双鞋子犯难了，挑了这双，觉得对不起那一双；挑了那双，又对不起这一双。

女营业员回到不挑面前，隔着柜台，温和地问，挑定了吧？

不挑分明看见女营业员蔑视的眼神，还没有女人用这样的目光对待过他。不挑在两双鞋中各取了一只，这样仿佛就对得起两双鞋了，他舒了一口气。

回到家，老婆试穿，立刻拉下脸说，你来试试你挑的鞋！咋穿？都是左脚的鞋。

不挑说，我从来没有这样挑过，营业员也给我使脸色了。

老婆说，挑，结果挑得咋样？

不挑说，还是不挑省事，挑来挑去反而出错。

老婆终于脱口说出埋在心里二十年的疑问，说，当初我和冬梅，你咋挑上的我？

不挑只是后来才知道冬梅暗恋着他。他说，我没挑呀，连队里那么多光棍，我和你结婚多幸运。

老婆追问，别贫嘴，你咋挑了我？你说。

不挑说了个轶事。他说，你听过《达坂城的姑娘》这首民歌没？

不等老婆反应，他紧接着说，我去过达坂城，一条街走不了多少步就到头了。一支歌把荒凉的达坂城给唱红了，都以为达坂城的姑娘真的漂亮，我就没看到一个漂亮的达坂城姑娘。

不挑摆出一副要走台唱歌的姿势，继续说，为啥达坂城姑娘真漂亮？

他自问自答，我猜，那个写歌的一定是从沙漠里走出去的男人。那个男人可能在沙漠里迷失过，转来转去，又渴又饿，终于走出了进去就出不来的沙漠，来到了达坂城，第一眼看见女人，再丑的女人也漂亮。

姚顺跟我讲了这段轶事，其父听见儿子出生的哭声，估计像那个男人走出沙漠后顺口编了那首歌，就给姚顺起了名字，还对别人说，你看，是男是女，我不挑，老天给我了个儿子，要是挑了，能有这个儿子吗？

老管的仓库

团长叫老管当团部仓库的管理员，说，你姓管，就当保管吧。

老管名叫平娃，小时候给地主放羊，少了一只羊，他不敢回去，怕挨打，就投奔了抗日队伍。平娃受过伤，一变天他的身体就是气象预报——腰骨酸痛。他斗大的字不识一箩筐，当时讲究个根正苗红，况且他干事有板有眼，团长放心，所以让平娃当了保管员。老管说这是赶鸭子上架。

团部的仓库，生产生活用品都有。领出东西，那么多品种，咋记账?

老管在每一种物件的架子前放了个碗，领几件，他就往碗里丢几粒苞谷。麻袋盛着苞谷，沿墙码起一摞，到屋顶了，记账用的苞谷就不愁缺了。

这个方法，老管还是在解放区搞土改、选村长那时获得的灵感。就这样，老管把仓库里的账目弄得一清二楚。老管大半辈子没管过人，更没管过那么多东西。他本来有升官的机会，可是他拒绝了。他说，我管不了别人，只能管住自己，最后他给团长当警卫员，管过一匹马。

老管对自己用苞谷粒儿记账很得意，很为自己高兴了一阵子，还说给老伴儿听。

转眼间，月底结账，也就是发出了多少物件。大礼拜天（农场每10天休息一天），老管叫儿子帮忙，他数苞谷，儿子记数字。

老管会自娱自乐，一个人管仓库，他把仓库拾掇得整整齐齐，像营房的被子，边拾掇，还边哼歌，哼的都是战争年代的老歌，词记不全，他哼调子，把歌词糊弄过去。有时别人说起团部的仓库，会说那就是老管的仓库。

那天一大早，他率领儿子走进仓库，那架势像带了一营的兵。他把营念得跟人同音（家乡方言），哼起了《打靶归来》。儿子手里拿着个小本子。

哼着哼着，声音戛然而止。老管的脸色骤变，话就难听起来，他×的，谁跟我捣蛋？记账的苞谷咋少了？

老管到外边骂，说，门卫，你吃干饭呀，小偷进过仓库你没听见动静？值班的门卫也是老资格，说，就你掌握着钥匙，有人进去偷，也偷别的东西，咋会偷喂马的饲料？

仓库里所有的东西都没缺，唯独碗里的苞谷少了。门卫眼尖，发现了碗里的老鼠屎。老管儿子也旁证，其他碗里也有老鼠屎。

老管说，账簿给毁掉了。

盘点库存，进出平衡。老管的脑子好使，似乎仓库就装在他的脑袋里，一个月发出多少物件都记得。他恨死了老鼠，堵上了所有的鼠洞，还下了夹子和鼠药。

苞谷记账的弊端十分明显，老管采取了灭鼠的措施，还是怕漏网的老鼠破坏他的账目。老管碰上犯难的事儿，脸上就会表现出来——整天苦着张脸，睡不好，吃不香。他原本是头一挨炕头呼噜就响起的人。老伴儿听不见他的呼噜，也跟着发愁，却愁不到点子上，无非是劝他多吃饭早睡觉。

而且老管的火气也莫名其妙地大起来。一天晚上，他卷了一根莫合烟，抬头看见墙壁，画着人写着字，刷得白白的墙壁，让儿子画得乱七八糟。他的心情也跟着乱。他一把提溜起儿子，儿子的嘴里还嚼着馒头，他顺手就是一巴掌，儿子鼓鼓的嘴巴喷出碎碎的馒头。

他说，你把墙糟蹋得乱七八糟！

老伴儿起来劝，说，你不是表扬过儿子这么画吗？现在突然又看不顺眼？

老管的脸顿时阴转晴，好像雨过天晴，云开雾散，他笑了，说，好，好，画得好！

儿子哭起来。

老管连忙去哄，说，别哭别哭，接着吃饭，男子汉哭了丢脸，我陪你吃饭。老伴儿说，一会儿下大雨，一会儿出太阳，就知道拿孩子出气。

第二天，老管就开始在墙上记账，每个货架都挨着一段墙，他把那段墙当账本，画了只有他认识的符号，如同象形字。例如，来领一把铁锹，画一杠子加一个椭圆；领走一把坎土曼，那个椭圆就跟杠子垂直。领几把就是几个“象形”。

有一回，团长来仓库视察，说，老管你有进步了，开始识字了。

老管说，不是识字，是记账。

团长说，逼大老粗，逼得老管创造象形文字啦。

这么一说，老管感到了学习文化的重要性、紧迫性，他开始拜儿子为师。可是他写出的字硬胳膊硬腿，写罢了字，又叫不出字。儿子嫌他笨，他一火，扇了儿子一巴掌，说，老子生了你，你教了几个破字还不耐烦？老子小时候要有学习条件，还不比你强？你摆什么臭架子。

儿子哭了。

老伴儿说，你拜了老师，你要端正态度，学生咋能打老师？

老管说，抬举他，他倒爬到我的脸上来了。

有一回团部开会，团长还是表扬了老管，说他是个“红保管”，心里装着公家的仓库。团广播站还播放了他管理仓库的先进事迹。

晚上，老管站在没人的地方听广播，他总觉得表扬的那个人是另一个人，那平平常常的事儿，本来就是他的职责，换个有文化的人，咋能像他这么费心费事？所以，那个人咋也算不得“先进”。踏着月光，他回家，影子在前边带路，他哼起了《我是一个兵》。

过了一个礼拜，降了一场大雨。沙漠边缘的绿洲，这么大的雨还是头一回。一连下了两天一夜，到处发洪水，老管住在仓库里，到处接漏。雨一停，墙壁的记号已被漏进的雨淋得模模糊糊了。仓库毕竟是土坯房，已老旧了，哪禁得住空前的大雨？

老管没日没夜地盘点库存。他在仓库里打了地铺，他把盘点的结果叫儿子记了下来。那以后，他谦虚起来——再没有碰儿子一个指头。他指指脑袋向儿子声明，你爹这个仓库旧了，得慢慢往里放字，慢慢往架子上摆，你可别不耐烦！没放过字的脑袋对字陌生着呢，生字生字，多认认，它才能成熟字。

大洞小洞

小洞有个怪癖，见洞就尿。

地面有各种各样的洞，蚂蚁洞、老鼠洞，连队不远的戈壁滩有狐狸洞、野兔洞，凡是见了洞，小洞就一根尿线往洞里钻，特别准确、有力。尿罢，他很过瘾的样子，仿佛取得了一场战争的胜利。

有的小伙伴跟他学，可总是尿偏。

我念初一时，小洞还在小学四年级。有一天我去连队食堂打饭，小洞发现墙根有个蚂蚁洞，他放下饭碗，就是一泡尿。想象蚂蚁遭受突如其来的水灾，不就像大水冲龙王庙那样吗？

等到念初中，小洞就有所收敛了，连队的家属院那么多目光，他一副掏裤裆的姿势，立即转为用脚踩，把蚁穴踩塌踩扁。

小洞姓董，名疆生，生在塔克拉玛干沙漠的绿洲，我们喊他的绰号已经喊习惯了。

小洞爸爸的绰号叫大洞。一大一小，以示区别。据说，小洞尿洞的习惯是从他爸爸那里继承过来的。我倒是没发现大洞表现出这个习惯。

大洞这个绰号的出处还有故事。

1959年农场从内地一个省招了一批青年，火车到了终点站，转乘接他们的汽车。汽车在荒凉的戈壁、沙漠里行驶，半天看不见一棵树。起先大家还唱歌，坐了好几天车，最后一天坐得声音也没有了，身体就随着车厢颠簸。

进入农场的地盘，突然停了车。司机叫大家解个手——放下包袱、轻装上阵。

大洞可能尿憋得厉害，因为他特别喜欢喝水。

小土包上有个洞，大洞不管三七二十一，对准那个洞就是一泡尿。风也没改变那泡尿的方向。

可是，一泡尿被一声吼给打断了。

小土包一侧钻出一个男子汉，怒喊，他×的，尿尿也不长眼，坏了我的一锅面！

大洞半泡尿惊得没尿出来。

男子汉揪住大洞的衣领，大洞觉得那粗壮的手像个吊杆，他的身体向上，双脚差不多要离开地面。

司机闻声赶来，喊，松松手，消消气，这可是咱们农场的支边青年，他不懂这里的规矩。

男子汉松开了手。

司机递上一支烟。

男子汉吸了一口烟，对大洞说，你就没长眼？锅里刚下了面，你不懂？鼻子底下一张嘴，不会问问？

司机就赔笑脸，说，他不知道你住在下边。

大洞弯腰看看那个天窗。

男子汉说，这个就叫地窝子，你尿的那个洞，是地窝子的天窗，天窗下边我正在烧饭，你一泡尿，尿进了锅里，你现在该明白了吧？

大洞说，对不起，明白了，明白。

男子汉丢掉了已吸了大半截的香烟，说，没劲儿，还是抽莫合烟好。

司机接过男子汉递过来的一张“报纸”，变戏法一样，转眼间两人各自卷了个喇叭筒。

大洞发现下边的“城门”还敞开着，立刻扣住，因为他看见汽车旁边有一路同行的姑娘。

董大洞的绰号，司机顺口就叫了出来，然后在农场传开。后来他娶了老婆，有了儿子——董疆生，疆生瞅见洞就尿，这么一来，就有了大洞和小洞的区别。

大洞不再见洞就尿。农场的职工有一个说法，是大洞结婚后就改变了那个习惯。他的老婆就是一路同行的姑娘。一起来支边的青年，说大洞小的时候就有见洞就尿的习惯。有一回，往钱罐里尿，那时他还没货币的概念。

20世纪80年代初，我离开了农场。多年没有联系，想必小洞现在也结了婚，结了婚也该有孩子了，想必还是个男孩。想必小洞现在不会见洞就尿了，那么，儿子会不会延续父亲的习惯呢？

刘斌撒过一次谎

20世纪50年代初，垦了荒，播了种，沙漠边缘就有了一片绿洲。人吃饭的事有了着落。可是，庄稼也要吃饭。连长指定刘斌专管庄稼吃饭。他当了积肥班的班长。

马厩、羊圈，起出的肥料供大田，人拉的屎有力，供给菜地。刘斌不怕脏不怕累，淘厕所等活儿都干。他把厕所清理得干干净净，还撒上石灰，不叫苍蝇蚊子繁殖。

连队的职工都叫他刘所长。

这个连，打仗是猛虎，开荒是模范，有几个还参加过南泥湾开荒种地呢。

首长来视察，称赞刘斌的积肥班，把厕所弄得让人情愿多待一会儿，是名副其实的所长。

那一天，刘所长的脸像开了一朵花，他一受表扬就脸红。大伙儿说他，那是大粪上长出一枝花。

首长还对全连战士讲了话，问大家有什么意见，大家说没啥意见。

可是，刘斌站起来，又红了脸，憨头憨脑的样子，说，报告首长，我有个意见。

连长朝他使眼色——咋能跟大首长提意见？

首长说，好，有意见就拿出来。

刘斌说，我们已完成了垦荒任务，可我们还是光棍汉，绿洲里咋能没女人？你要给我们解决老婆问题。

连长的脸一下严肃起来，战士们的笑声响遍会场。

湖南的，山东的，上海的，女人一批一批来到农场。到了20世纪60年代初，刘斌还是没娶上老婆。团里批准刘斌回老家“探亲”，还给报销路费。

刘斌探亲假有一个月，说媒说了一大串（估计有一个加强班），竟没处上一个对象。女人是镜子，照出了刘斌的老相。那时，口内对新疆有些偏见：沙漠里没有水，太冷，过不惯。

刘斌卡着假期往回赶，于是邂逅了他的未来老婆。到了乌鲁木齐站，他在一家饭馆子吃饭，看见旁桌一个二十来岁的姑娘在擦泪。他这个人心软，见不得女人哭。

经了解，知道她打四川来新疆投奔亲戚——也是去军垦农场。钱花光了，却找不到亲戚，新疆比她想象的还要大，动不动就是沙漠和戈壁滩。

刘斌给她买了饭，顺口说了自己所在的农场。毕竟是一手把沙漠变成了绿洲，表露出了对农场的自豪和热爱。

姑娘好像看到了希望，何况刘斌的模样长得让人放心。她问，你在农场做啥子工作？

这一问，问得刘斌脸红了，因为说了实话，可能就会错过这个姑娘。他心里在纠结，他看看小小的饭馆子，似乎担心有人发现他要撒谎。他确实豁出来了——干脆吹一回牛，不过他安慰自己，连队里大伙不是叫他刘所长吗？

他的脸更红了，说，我……是个所长。

姑娘的眼神就像沙漠夜空的星光，一亮一亮的。

他脸一热，又说，我们兵团王司令员还表扬过我这个所长呢。

姑娘的脸上泛起了崇敬。

刘斌赶紧打开黄布挎包，取出奖章摆在桌上——老家探亲，他只向媒人展示过。

这一下子姑娘的脸红了，像一朵花儿绽放。

回到连队，连长张罗着腾出一间房子，简单摆了一张双人床，趁热打铁，第二天，连长主持了婚礼。

职工们都开玩笑，恭喜刘斌半路上捡了个老婆。

那时，不兴婚假。头一天收工归来，新娘闻到了他身上散发出一股臭味。

新娘要跟他去看一看上班的地方，刘斌说，那地方没啥好看。

刘斌扛着铁锹、扫帚，他没发现新娘跟踪。

新娘以为他进厕所解手，就蹲在远处的墙拐角等着。刘斌出了男厕所，又进了女厕所，新娘以为他跑错了地方，可是他却扛着工具。跑进女厕所干啥子？新娘也跟了进去，终于清楚了他这个“所长”是什么所长。

新娘哭得像一个泪人，刘斌心慌意乱。新娘一个劲儿地捶胸顿足，直骂刘斌是个大骗子，骗了她这个“黄花”姑娘，还拒绝他上床。他期望她捶打他，拿他出气。

刘斌忍不住下跪，求饶，说，这半辈子我第一次说谎。

新娘说，我最恨别人对我撒谎。

刘斌说实话，那一天我的神经搭错了地方，只是没办法，不说个谎，我娶不到你，我保证今后再不说谎。

那一夜，第三遍鸡叫，刘斌还是没哄住新娘。据说，刘斌还扇了自己两个嘴巴子。新娘没动摇，而是起来拾掇土布的包裹。

连长赶来堵住了门。先讲大道理，说革命工作，各行各业都光荣，不该有贵贱之分。还说没有“臭”哪能有“香”？！

新娘停住了忙活的手，不哭了（泪已哭干了）。

连长看出稳住了局面，又说起小道理。他说了顺口溜：天上下雨地上流，小两口翻脸不记仇，白天吃的一锅饭，晚上睡的一个枕。

后来，新娘对连队的婆娘吐露心思，说是生米煮成了熟米饭，她认了。

当时她说，连长，今后你还要给我做主。

战争年代，连长是刘斌的老班长。他说，刘斌这小子再敢欺负你，我关他的禁闭，刮他的胡子。

刮胡子就是严厉批评的意思。打那以后，刘斌就更加让着老婆、怕老婆了。过了数年，家里样样都是老婆做主。

老婆的经验是，两口子过日子一开头就要定好规矩，打好基础。刘斌认为，大丈夫疼小媳妇嘛，让着老婆，不丢脸，让老婆和怕老婆是两码事。

20世纪70年代中期，连长升任营长，刘斌当了副连长。一旦遭遇拌嘴，老婆还是拿“所长”这个外号敲打副连长，这个架就吵不起来。

老婆给刘斌生了两个孩子，一男一女，儿女双全。刘斌更加尊重老婆了（给刘家传宗接代，为革命培养了接班人，有功劳有苦劳呀）。他还保留着脸红的毛病，一急他就脸红，老婆会说，又编谎？！

刘斌说，掰着手指头算算，我这辈子就破天荒地撒过一次谎，撒了一次谎，不等于一辈子都撒谎。

往往是两个孩子出面证明：爸是一连之长，没有威信，咋当一连之长？

老婆说，出了这个门，啥时候我没维护过你的威信啦？刘斌就乐呵呵地笑。

羊倌老宋头

据说，连长曾叫老宋头先当个班长。老宋头拒绝，说，管别人我不行，我只能管得住自己。

老宋头毕竟资格老，是连队年纪最大的老兵。连长照顾他，说，你能干啥？随你挑。

老宋头就选择了放羊，他参军前就是个小羊倌。

连长给他发了一件羊皮袄。渐渐地，羊皮袄破了洞。他就粗针细线地缝，东一片补丁，西一块补丁。羊皮袄既能穿又能盖。秋天，羊群进树林（他用长杆子打树枝，叶子。沙枣纷纷落下），那树枝，一会儿叫他低头，一会儿叫他弯腰，沙枣刺还挂破他的皮袄，他喜欢听鸟儿鸣啭；冬天，羊群放在戈壁滩，他摊开皮袄，枕着石头，望着蓝天，白云朵在天空移动，好像一群一群的羊。

连队的职工说，老宋头，再活下去，你这个人也要破了，你也该找个老婆，给你缝缝补补了。

老宋头已四十开外，长相差不多像个老头了，他似乎破旧了。唯有那一张胡子拉碴的嘴巴，一笑，那副糯米牙，又白又齐，似乎小伙子的牙齿一不小心放错了位子。

连长说，老宋头，碰上啥好事了？好像娶了媳妇一样。

老宋头说，昨晚，羊生了双胞胎。

连长说，你也赶紧找个媳妇给你生对双胞胎吧。

老宋头放羊，手里总是抱着羊羔。他会莫名其妙地发呆，有时瞭望雪山，阳光照耀着天山；有时望着沙漠，沙漠的地平线，日出。好像他盼望着什么。

年底统计羊只存栏数，他说羊的队伍扩编了，增加了一支童子军。

连长请老宋头吃饭。连长的老婆能烧一手好菜。每年都有这么一餐。连长知道老宋头的老家已没有父母，自小是个孤儿，所以，探亲娶亲也没指望。

这一年的年夜饭，连长家多出个陌生的女人，进进出出帮着端菜。老宋头的目光，就像一只羊羔失散羊群，孤单单地东奔西跑。

连长介绍那个女人，是他老婆家乡的远房亲戚，逃荒要饭，投奔到农场来。

那是1960年，女人的家乡发了洪水。

女人端来一碗亲手烧的麻婆豆腐，还朝老宋头笑了一下，那一笑，很牵强，使老宋头想到久旱的沙漠流进了一股水，那枯了的胡杨树，转眼间，绽出了嫩叶。

那以后，老宋头再也没有见过这个女人的笑。当时，老宋头咧开嘴响应，傻乎乎地笑起来。仿佛他抱着一对双胞胎的羊羔。

那女人三十来岁，白白净净的鹅蛋脸，好像用手指一碰就能碰出汪汪的水；又黑又亮的眼睛，搁在脸上，像沙漠里的一眼泉水，浸着黑油油的两颗鹅卵石。女人长得让老宋头心疼。他的目光时不时像迷途的羊羔来回移动。连长给他敬酒，他好一阵才反应过来。

连长送他回羊圈，说，看进眼里就拔不出来了，中眼了你就娶过来。

老宋头说，我恐怕只能望一望，人家咋能看上我？

老宋头有个习惯，不喜欢刨根问底——这么个女人亮在他面前，结了婚，他早出晚归，进进出出，总是乐呵呵。连队的职工说一朵鲜花插在牛粪上了。

老宋头说，没有牛粪，花儿也开不出那么鲜艳的花儿。

女人的脸色红润起来。老宋头总想起阳光照耀的雪山。他的背也驼下来，似乎娶了这个女人，他见了谁都要鞠躬致谢。老职工提醒他：女人肚子大了，她就安心下来。

羊圈旁边的土坯屋活了起来，烟囱冒烟、鸡鸭欢叫，还种了一片绿油油的蔬菜。可是，老宋头老是觉得委屈了女人，他那么多的笑，怎么引不出女人的一个笑？

老宋头说，大年三十晚上，你在连长家里那个笑，笑得真好看。

女人一愣，脸上滚下来了两溜泪蛋蛋。

老宋头心疼得没了主张，慌忙捶着胸脯，说，怪我不好，怪我不好，我只是贪，贪你来个笑脸。

女人的泪蛋蛋，如同一串珠子断了线。

老宋头像要去抱羊羔，他只是做出抱的姿势，又不知怎么抱，就搓手，好像手被炭火烙了；接着，两只手相互拍打，说，你要有气，就冲着我出吧。

女人开了口：有气的应该是你。

老宋头说，娶了你，我高兴还来不及，哪有工夫生气？

女人终于说出来自己的背景。她在四川老家结过婚，有个女娃。三年前，男人上山砍柴，摔下来，腿残废了，破屋偏遭雨，家中生活困难，她只得一个人出来。女人说，总想你要问了，我就说出来。

老宋头说，你不说，我不问，我讨厌刨根问底，现在时兴问个什么祖宗三代？

女人哭着说，我骗了你，你该怪我，你要打就打我吧。

老宋头手忙脚乱地说，别哭别哭，你一哭我的心就乱作一团，说出来，你就舒服了吧？你看看，你这脸蛋蛋不该挂泪蛋蛋。

连长和老婆也没有了解过这个女人的家庭背景。老宋头叫连长的老婆帮忙写了一封信，还汇了三百元钱。两个月后，老宋头去场部接来了女人的男人和女儿。他让出了婚房，在羊圈旁搭了个窝棚。

老宋头还是没有看到想象当中夫妻团圆后的女人的笑容。女人烧好了晚饭，总是等候他回来。饭桌上，他会报喜：今天又增加了个羊羔子。

女人的脸上还是没有出现笑影子，女人也喜欢羊羔。

老宋头很有成就感，他带着笑，把羊羔送到女人的怀抱，羊羔"咩咩"叫，他希望那一声声可爱的叫能唤起女人的笑。

有一回感冒，咳个不停，老宋头没进土坯屋。女人来喊他吃饭，他说，我咳嗽，会传染。

第二天，女人替老宋头放羊。老宋头想跟卧床的男人聊聊天。走进屋门，他闻到一股农药气味。

那个男人喝了半瓶农药，已翻了白眼。幸亏及时，老宋头叫来了连队的卫生员。男人活过来了，还埋怨老宋头不让他死个痛快。

女人哭得像个泪人。

老宋头提出自己远远地让开，他要把羊群托给女人，要求连长分配他去守护瓜地。

女人拿定主意，要回老家，再待下去，她的心里不好受。

连长派了辆马车，赶个早，老宋头护送那一家三口到团部的车站。老宋头借了三百元钱，给他们做路费。

老宋头忍不住望遥远的雪山。他对女人说，这段日子，衣服破了你给我补，放羊回来，有热菜热饭。

女人不出声，泪蛋蛋一个接一个地滚下来。

老宋头咧嘴笑，说，你看看，这么多日子，你也不来个笑脸蛋，我知道你很难，最后，你就给我留个笑……大年三十，你那个笑，多好看。

女人抹掉了泪蛋蛋，笑了一个。刚露笑脸，笑就隐退。

老宋头示范了一个笑，说，你还笑得不习惯，回去以后，你把这个笑保持得长一些，要是能够……你给我寄一张笑的照片。

后来，老宋头一天要去一趟连部，问有没有信。连队的文教还以为他等待“邮娘”呢（农场的光棍，采用书信的方式娶亲）。老宋头想，可能女人还没把笑组织好吧？

老宋头再没娶过女人。老职工替老宋头遗憾：抱到怀里的女人你咋就放手了呢？煮熟的鸭子飞掉了。

老宋头说，事情摊明白了，我咋能拆散一对患难夫妻？

据说，老宋头舍不得忘掉的女人那一个笑，还是连长的老婆提醒女人的结果。连长的老婆笑着叮嘱女人，好看的脸要配一个好看的笑，和你比，我就自卑了，可我那臭男人，就是看上我的笑，跟沙漠里猛地碰见一朵花……

这边那边

韩香到连队的第一天，就拿起坎土曼垦荒。

这个连队的前边就是沙漠，清一色的男人，增加十几个姑娘，男人起劲地舞动着坎土曼，黄沙弥漫。

一起来的一个姑娘内急，大概已观察了一会儿，她来到韩香的跟前，示意停一停手。

韩香把耳朵朝向她的嘴巴，一听，四下里望一望，笑了。

那个姑娘让尿憋得小肚子发胀。

韩香走进一团迷雾一般的沙尘中，喊，童连长！

一个汉子刹住手中的坎土曼，片刻，风把笼罩着他的沙尘刮走，腾出个童连长，问，啥事儿？

韩香说，在哪儿解手？

地那头的姑娘羞得低下头，脸像朝霞。

童连长似乎还没有碰上过这个不是问题的问题，他朝着沙漠挥挥手，灵机一动，说，哦，男的这边，女的那边！

韩香望望童连长指定的方向，都是茫茫沙漠，并没有她想象中的厕所。

这批口内的姑娘来了，已经改变了男人的世界。之前男人们甚至一丝不挂地垦荒（他们称为轻装上阵），而且就地撒尿（肥水不外流）。

头一天的欢迎会上，童连长提出要求：女同志来了，我们这些男人不但要增强垦荒的热情，而且要讲究文明，注意军容风纪，该穿的都要穿起来。

男人们的衣裤被汗浸湿，东一块西一块，上一片下一片，衣服黏在身上了。

童连长以为韩香还没听懂，提高嗓门，说，同志们，今天我规定，要方便，男的这边，女的那边，都别走错了方向，听清了没有？！

男人们像整装待发那样，齐声回应：听清了！

童连长说，嗯，女的没反应。

韩香说，童连长，这种事儿你喊得那么响干啥？

童连长说，问题冒出来了，我得强调呀，不让大家弄错了方向。

韩香陪着那个姑娘，这一走又带动了另外三个姐妹，她们似乎期待有谁先发起。走一段，回头看，似乎测量是否走出男人们的视线了，走一段往前看，寻找遮挡的实物。可是，前前后后都是平平坦坦的沙地。

不得已，韩香灵机一动，四人组成一道屏障，一个人先方便，然后轮换。

只是每一次方便，总不能临时发动一个小组吧？有一次，韩香向着沙漠走，到底要走多远？垦荒的现场，那些人只是一个一个小点，不知怎的，好像那一个个小点都是扩大的眼睛，而她第一次感觉到沙漠的无边，似乎自己在缩小，逐渐缩小成一粒沙子。

韩香把那一次方便的感觉告诉了另一个姑娘。那一泡尿竟然迅速地被沙漠吸收。有一个夜晚，她梦到她方便的地方洇出一片绿，然后长出一丛红柳，红柳还开出了花儿，而且不知哪里飞来了一对蝴蝶。

妹妹笑了，说，你恋爱了吧？

韩香佯装生气，说，去去去。

渐渐地，姑娘们总结出了经验，少喝水，甚至不喝水，那样就能够减少方便。

沙漠地带，热得地上头上都发烫。据说，一个鸡蛋放在沙子里能够煨熟。姑娘们的嘴唇干得裂开起皮。

男人把水壶递过来，姑娘们拒绝。

男人问，为什么渴了还不肯喝水？

韩香说，你不知道，女人是水。

男人说，我们都爱喝水。

垦荒一步步向沙漠拓展。终于，韩香向童连长要求建临时“厕所”，这样可以减少姑娘们往沙漠里走的路程，节约出垦荒的时间。

童连长组织了几个男人，割苇芦，编席子，扎起了简易的厕所。当然，中间还加厚了一层苇席。童连长说，这主意不错，一举两得，垦好了地，移动厕所，就是现成的肥料。沙漠里似乎凭空冒出了苍蝇。

童连长到底细心，就往蹲坑里撒了石灰。

有一次，韩香解手，刚蹲下，她听到隔着苇席的墙那边进去了一个男人，毫无顾忌地方便着。她不好意思了，就憋着，等到响声结束，不知怎的，她解不出手了。

韩香小腹发胀，她发现，隔墙的苇席分明有个缝隙。

那天傍晚收工，韩香最后一个离开。她望着扛着坎土曼的身影，渐渐远去，随后，连队驻地的地窝子上边升起炊烟，好像地上躺着一个男人，抽着莫合烟，朝天喷吐烟圈。

韩香掏出火柴，一点，沙漠吹来的风鼓动着火苗，转眼间整个芦苇编扎的露天厕所燃烧起熊熊火焰，她看见惊慌飞出的绿头苍蝇。

第二天，童连长追查下来，当过观察员的童连长认定是女的“作案”。

韩香说，童连长，是我烧的。

童连长说，要建厕所的是你，可烧厕所的也是你，你这不是叫我为难？

韩香说，那隔墙有眼。

童连长说，不就是解个手吗？女人在这边，男人在那边。

韩香说，隔墙有眼，是洞眼的眼。

童连长朝地里喊，下流，哪个家伙下流！给我站出来！

没一个男人站出来，童连长也不追究，后来他开玩笑地说，那道隔墙迟早要取消。

后来开垦的荒地种了麦子，绿洲和沙漠之间栽植了树，树林像一道绿色的屏障。钻天杨、沙枣树、榆树组成的防沙林，鸟儿不知打哪儿飞来。

鸟语花香的时节，童连长娶了韩香。

其实姑娘们也有自己心仪的男人。不过，简单的婚礼上，童连长说，战场上我冲锋在前，现在我也带头，你们要跟上，团长已经向我们透了消息，一批姑娘正在来的路上。

洞房花烛夜，那个地窝子里，童连长抱着韩香说，当时你一把火烧掉了厕所，我说过，那道隔墙迟早要取消，你跟你的名字一样。

韩香说，是沙枣花的香，我从来没闻到过这么浓的香。

童连长躺下来，说，是你的香引来了花的香。

韩香说，你在这边，我在那边。

童连长说，还分这边那边？

韩香说，男左女右，方位不变。

一年后，韩香生了个军垦第二代。童连长喜欢亲儿子的小屁股，亲一口，说，香喷喷的屁股。

韩香说，儿子的屁股还没有擦干净呢，是臭是香你分不清？

他说，没臭哪儿来的香？

儿子哇哇乱哭，韩香说，你把胡子刮一刮。

童连长说，这叫从小锻炼，不拍扎。

火

一目娶上媳妇了，他说，靠一个梦。

垦荒的时候，平沙丘，他的左眼被红柳戳瞎了。起初，连队里都叫他独眼，还是指导员有水平，纠正了这个绰号，改为一目，取自一目了然。一目就因为瞎了一只眼，婚姻的问题屡屡受挫，女方都嫌他瞎了一只眼。

一目时常往旁边一个地窝跑，那里有火。

两个地窝相邻挨着，一个双干户住（指结了婚的职工），一个单干户住（未婚的光棍）。连队里男多女少，女的没有单独的地窝子，来了也是很快有了对象，结婚。

住在单干户地窝子的光棍很邋遢，懒得生火，冬天里边像冰窟；而双干户的地窝子生了炉子，胡杨树、红柳根作柴火，自己开“小灶”，改善伙食。光棍只能是连队的食堂做什么就吃什么。

一目羡慕双干户的地窝子，那里暖和。何况不久前战友朱大肚从单干户的地窝子搬进了双干户的地窝子。朱大肚能吃能干，老婆总能变着花样烧些饭菜填充他的肚子，譬如沙鼠、野兔的肉。偶尔，一目也沾沾油水，但主要是冲着炉子里的火，听朱大肚给他传授讨取女人喜欢的秘密。

朱大肚拍拍肚皮，说，老婆就是喜欢我能干。

那一天傍晚特别冷，西北风像沙皮摩擦皮肤，还往身体里钻。一目恋着炉中的火，柴火在炉中燃烧得哧溜溜响（那是红柳），还时不时像放鞭炮一样爆响。一目烤了前边又烤后面，好像身体裹了一层热气，他也识相，见地窝子一对一对夫妻要钻被窝了，他裹紧棉袄，像扎紧装着热气的袋口一样，用绳子束了腰。

回到单干户的地窝子，一目倒吸了一口冷气。不知怎的，他抱来了门外的红柳根，点起炉子。光棍说，一目，想媳妇了？

趁着身体还有余温，他钻进了被窝，把棉袄也叠盖在被子上。他习惯赤身裸体地睡觉，被子吸收了他的热气，又用热气来回报。

一目不知不觉入睡，仿佛还坐在双干户的炉前。忽然，他听见有人唤他，像一声沙漠里好听的鸟鸣。帘子一掀，揭开了窗外的一片夜空，空中星星闪烁。他一回头，两只向着炉火的手一下收回，他被眼前的姑娘弄呆了，多美，还以为画片上的美女走下来了呢——那是口内（新疆称嘉峪关内的地方为口内）什么乡村的姑娘。

姑娘说起话来像春天的渠水流淌，说，指导员让你去一趟。

一目像掉进流水里的一片叶子，顺着水流的方向，迷迷糊糊地进了指导员的家门。

指导员说，一目，你不是要找个暖被窝的媳妇吗？我的表妹刚从口内的老家来，给你介绍这个对象吧。

一目心里一热，就像往炉里添了硬柴（红柳根），说，你表妹？

指导员说，就是刚才去叫你的那个姑娘。

一目看看还留着缝儿的门，笑了，说，好，好，还是指导员关心我。

指导员说，你不是爱发牢骚，向我要老婆吗？

一目说，我这副样子是不是会让别人收回眼？

指导员说，择日不如撞日，我看就趁热成亲吧。

当时，婚礼也简单，指导员向全连宣布一下，再散散香烟，发发糖果（团部用甜菜制糖）。关键是，一目从单干户的地窝子搬入了双干户的地窝子。十对夫妻，一对一个蚊帐，蚊帐算是独立的“婚房”。

一目正准备入“洞房”，好像“洞房”里也放进了一个炉子，暖洋洋的。

突然，他听见有人喊，一目一目，快起来，着火了。原来刚才的一切都是做梦。

一目的地铺邻近炉子，填塞的柴火太多，火星爆溅出来了。他的床头垫的麦草已燃起。幸亏发现得早，一阵混乱之后，火被扑灭了。一目想，怎么会鬼使神差地生起炉子呢？

填塞着芦苇的枕头，已被火啃出黑乎乎的一个角。

第二天垦荒，他还想着梦中的姑娘。他不信这是无中生有。他向朱大肚打听，仿佛那肚子里装满了情报。

果然有一个姑娘家乡闹饥荒，跑到新疆来投奔亲戚，确实是指导员曲里拐弯的表妹。朱大肚佩服一目，说，你真是一目了然，你怎么闻到连队来了一个陌生的姑娘？

一目也一时琢磨不出是眼还是耳起的作用。他在食堂用舍不得吃的细粮票，狠狠心，打了一个缸子麦面馒头（长条形的，四百克，俗称杠子馒头）。连队里有过一个馒头成就一桩婚姻先例。姑娘看见杠子馒头的眼神，像夜空中的星星闪烁。

接下来的故事，跟梦中的尾声相似。入“洞房”时，新娘说，我怕冷。一目睡惯了冷被窝，他说，我先暖被窝。

新娘坐在蚊帐外，害羞地低着头，因为地窝子里还有许多对夫妻。

一目的被窝里像生起了炉子。他轻轻地唤，热了，你进来吧。

新娘畏畏缩缩钻进被窝，似乎一目是一团火。姑娘让开身子，说，你睡觉啥也不穿？

一目搂住新娘说，这样暖和，还穿啥呀？

一目比新娘大一轮，娶了这么年轻的姑娘，他美得不行，只说，像做梦一样，委屈你了。

新娘说，你梦到过我，我就是你的人了。

半夜，一泡尿憋醒了一目，他生怕惊醒了新娘，就像蛇蜕皮，轻轻地退出被窝，爬出蚊帐。

地窝子外边的天空，星星一颗一颗像高悬的冰粒子。解完手，他缩着身子——沙漠刮来的风揭掉了皮肤的热气。黑咕隆咚的地窝子里，他早已习惯了凭借直感摸索。他闭着眼，想着有一个女人在热被窝里等待着。

一目迷迷糊糊地撩起帐门，手去摸枕头——确定方位。怎么多出一个人头？而且那头发像板刷一样，短而硬。起初他一惊，不对啊……

这类事儿，双干户的地窝子里曾有发生——解手回来进错了“婚房”。

像有人闯进自己刚建立的“防区”，一目嚷开了，说，你小子乱钻？

不知谁在蚊帐里打亮了手电筒，照到一目这边。一目借着光柱，发现这是相邻的朱大肚的蚊帐。朱大肚留着个小平头，头发又粗又硬又黑。

从那以后，一目在蚊帐外边树了一根杆子，上边还挂着一面红旗。夜里一摸旗杆，就知道是自己的地盘——婚房。

一目很积极，收工回来抢先生炉子（一共两个炉子），睡觉前，他总是先暖被窝（老婆称此为烤火），他的老婆也习惯了他的睡法——脱个精光。据说，一目的老家都这样赤裸着睡觉，特别是冬天。

一目老婆的肚子隆了起来，她向朱大肚的老婆传授睡觉怎么暖和的秘密。朱大肚老婆说，朱大肚早已在一目那里学来了。只不过，朱大肚那么壮实的人还畏寒，总是老婆暖被窝，这一点，她羡慕了。

一目的老婆说，洞房花烛夜的晚上，我立了规矩，先叫他暖被窝，然后我进去烤火。

一棵胡杨树的奇迹

姚成双的境况跟姓名恰恰相反，还是条光棍，而且是老光棍。

一般光棍的生活都是散散漫漫、邋邋遢遢。可是，姚成双像过日子一样，精细又讲究，基本上是“自己动手，丰衣足食”。他甚至会缝缝补补的活儿，随身还带着针线。想象不出那曾经拿过枪杆子、挥过坎土曼的粗糙厚实的双手，竟能织毛衣、缝补丁，花样百出。他说，咋办，没女人愿意跟我呀。

据说，战争年代，他下边那玩意儿给废了，属于看不出的残疾。打哪儿都行，偏偏中了那里。他不要老婆，说怕委屈人家。

可是垦荒初期，口内招来一批女兵，拉开了农场基本建设的序幕。有了女人，光棍们有了盼头，自然而然就要盖房子。地窝子仅是过渡。

盖房子缺不了木材，塔克拉玛干沙漠腹地有原始胡杨林。姚成双报名参加伐木，还主动带队。

等我高中毕业，下连队接受“再教育”，备耕前夕，也要进原始胡杨林砍椽子。我就报了名。茫茫沙漠里，咋会存在一片胡杨林？我向往着。

姚成双喜欢我这股冲劲。他已是管副业的副连长。他说，当年，我跟你差不多，我还住不上房子，我就想进去伐木。

姚成双对我说起原始胡杨林的一段伐木经历。

一起进原始胡杨林的战友，有的会拉胡琴，有的会说快板，苦中作乐，都是连队的活跃分子，好像要在原始胡杨林举办一次演奏会。姚成双的那把二胡已跟了他十几年，据说那是他爸爸讨饭的工具。讨饭也讲究艺术。后来，传给了他，他带着二胡参加了解放军。

大概来了一批女兵，清一色的男人打起了精神——可能盖的就是自己的婚房。连长已宣布：要跟新来的女兵举行一次联欢。

原始胡杨林的边缘，扎下了营。到了晚上，点起了篝火，十几个战士各显神通——奏起了曲子，十分起劲。为联欢做准备呢。

三天后的一个夜晚，姚成双发现有一个人站在篝火的光亮微弱的地方，他还以为那个小伙子是胡杨林的居民，或者是其他连队来伐木的战士。

那个小伙子听得很入迷，一声不吭。

等到热闹结束，姚成双想起他，发现他已不见身影。好像融化在夜色里了。

接下去，一连三天，那个小伙子都出现，站在夜色和光亮的接合部，仍然很入神。

姚成双觉得不对劲。那小伙子身材挺拔、结实，不像个放羊的人，也不像农场的人，倒有几分秀气。

姚成双对战友说，难道附近也有伐木的人，可是，白天听不见别的伐木的声音。

随后的一个夜晚，姚成双过去问，你姓啥？来干啥？

小伙子似乎害羞，一副天真的表情，说，我姓胡，是你们的伙伴。

第二天，姚成双这一个班，有意向不同方向伸展，并没有发现丝毫人类的足迹。

有一个战友鬼点子多，就提示，说，成双，你不是有针线吗？今晚，我们装着不知道，你把线穿在他的身上。

晚上，成双走到光亮的边缘，邀请小伙子坐到篝火旁边观赏。

小伙子害羞，说，这里站着好，不影响你们。

姚成双看不清小伙子的面目，趁机将线头穿在他的身上，手能触及他的衣服，能感觉到质地很粗糙。

大家都好奇。天一亮，几个人循着细细的线，来到露营地五十多步远的一棵胡杨树，树干一个人还抱不过来。线头升至高处的一根树杈。

姚成双记得，那线头穿在小伙子的后肩头。他抚摸着树干，立即想起那衣服的质地跟树皮一样粗糙。

战友都是来自农村，家乡时，从小都听过鬼怪故事。好像整个原始胡杨林，都是精怪，只是白天，它们是一本正经站立的胡杨树。树成了精，可以变成人。

一个战友要用斧子去试一试。

姚成双说，爱听曲子的树精，不会伤害人，我们不能伤害它。

那个战友说，我砍它一家伙，看它跑不跑？

一斧头砍进去，树枝冒出了液汁，竟然红得像血。

当晚，那个小伙子又出现了，挎着绷带，好像是树叶编织成的绷带。似乎在寻觅砍他的那个人。

姚成双悄悄地说，你砍了人家，人家盯上你了。

战争年代，那个战友不怕死。可是，第二天，他仿佛挨过一顿闷棍，蔫不拉唧的样子，身上还出现多处瘀青。他说做了个噩梦，只见棍子不见人，躲都躲不掉。

那个战友又来了个鬼点子，在那胡杨树旁打了几个桩子，用粗粗的麻绳，从三个方向，把树捆住。

当晚，篝火的光亮到达不了的周围，总有一个人影在晃悠，似乎有身影，可惜细瞅，又不见了。天一亮，姚成双发现，捆树的绳子都断了，断口是力的作用。显然，树挣脱了绳。

那个战友像久旱无水的胡杨树，焉了。而且，只是说口渴，喝了水，还是叫渴。渴得不行。体温也在升高，还说胡话。

姚成双觉得不能出事情，他说你砍了它一斧子，关系弄坏了，得收摊子了。

于是，提前结束了伐木。那以后，姚成双又两次进原始胡杨林，避开那片胡杨林。有一回，他砍一根树枝，发现同一棵树的另一根树枝在颤抖。他说，那一天，没有风，四周的胡杨树像愣住了一样，他也愣住了，看着那一根树枝在颤抖。

我父亲也是军垦第一代，是姚成双的战友。我小时候向往沙漠，父亲用恐怖而魔幻的沙漠故事阻止我。确实有效。可是，姚成双的胡杨树的故事意味着什么呢？

配 种 员

配种员郑耀祖最自豪的事就是娶了个老婆，老婆带有两个拖油瓶——都会跑了，一个儿子，一个女儿。

连队的职工说，不用出力，就现成得了孩子。

可是，郑耀祖的自豪，是这个老婆的身份，师长的太太。严格来说，应是副师长的太太。

当年，被抓壮丁，郑耀祖进了国民党的部队。他打仗有副拼命的架势，副师长看中了他，提他当排长。新疆和平解放，他所在的部队接受改编时，他已是个副连长。后来，就地复员，屯垦戍边，他跟我父亲一个连队，都在马厩里当饲养员。

那年月，是马的辉煌时代，连长看他很能干，就让他兼牲口的配种员，马的存栏数在增加，可他还是打着光棍，女人嫌弃他的职业。据说，当副连长的时候，他嗜酒，一喝就喝高了，一手拿一瓶酒，像握着两颗手榴弹。喝高了，他就目中无人，还跟营长或团长顶嘴。

有一回，提拔他的副师长来了。他说，管天管地，管得了老子喝酒？

副师长一声口令：立正！

郑耀祖一惊，立刻来了个立正。他清醒了，向师长敬了个礼。

团长、营长也陪同着，副师长踢了他一脚，说，记着，比你职位高的都是长官，要立正，敬礼，没规矩，就滚蛋！

那以后，郑耀祖要是在喝酒，团、营一级的长官出现，他立刻立正，敬礼。

可是，郑耀祖改不掉喝酒的毛病，女人不待见他，怕他喝了酒，发酒疯。他的工资差不多都泡进酒里了。

配种员繁忙的季节在春天，马发情的时节。他设计了个配种架，把母马固定在架子上，再牵来公马。

活儿干完，他就喝酒，他说，看着人家快活，咱们只有喝酒。

家长会来唤自己的孩子，说，郑耀祖干的是下流的行当，小孩不要凑热闹。

郑耀祖看见师座太太（副师长早已去世），好像副师长来了那样，他本能地起身，做出立正的姿势，只是不再敬礼。注视着师长太太经过。

师长太太会朝他笑一下，笑得他心中开了花。虽然已是普通职工，可早先的师长太太风韵犹存，总是穿得干净整洁，补丁也补得好似锦上添花。她的头发微微打卷，像烫过那样。

郑耀祖似乎不好意思，愧疚得如同又被师长发现他喝酒。

据说，私下里，郑耀祖提出给师长太太介绍对象。他心里还装着“老长官”。可是，他把自己介绍给了她。

婚后，他确实减少了酒量，只是偷偷地喝。被她发现了，她夺下酒瓶，当即一摔。郑耀祖的反应是，一个立正。好像师长又出现了。

他说，我就剩下一点儿乐趣了，保证今后少喝，行了吧？

她给他生了两个儿子。他终于觉得能光宗耀祖了。碰见他喝酒，她就拉下脸。

他总是做出个立正的姿势。连队里，大家都知道他怕老婆。知道历史根底的职工说，到底伺候的是师座的太太，不容易。

有一次，他憋不住了，说，都啥时代了，你要啥威风？

她说，你娶我，咋保证的呢？

郑耀祖就不在家里喝酒了。家里藏不住酒。她的鼻子很敏锐。他会把酒藏在屋前的鸡窝里或柴垛里。瞅住机会，吹个喇叭。别人要他帮忙，他很乐意，很热心，只要有酒。

连队里，已配备了汽车、拖拉机、康拜因，马逐渐被淘汰。他这个配种员已徒有虚名。马厩里也清静下来。他闲下来，就灌几口酒，好像是怀念马的时代。

那年冬天，特别寒冷。郑耀祖结交的朋友，也是酒友。取回他寄存在酒友那儿的两瓶烧酒，是帮一个职工搭棚子的报酬。他惦记那两瓶酒——猫耳朵上怎能挂得住干鱼？

他把两瓶酒藏在鸡窝里。

趁老婆在门前的高粱秆棚里（鸡窝在棚后）烧饭炒菜的工夫，郑耀祖实在克制不住酒的诱惑。可是，他伸手去拿酒瓶时，感觉像摸着冰柱一样。

鸡以为来吃食了，来啄他的手，他拨开鸡，取出想象中的两瓶酒。酒的瓶子已不在，但完整地保留着瓶子的形状。

他疑惑：酒咋能结冰呢？

两个冰柱放在鸡窝上边，像士兵列队立正。鸡窝里留着一片瓶子的碎片。

背后响起老婆的声音：吃饭啦！

他本能地来了个立正，好像在模仿那两瓶酒。

饭桌上，老婆只说，你咋像丢了魂？

当晚，他去找那个酒友。酒友是个光棍。酒友承认，自己实在忍不住屋子里有酒。

夜晚，孩子已睡，他坐在灯前发愣。以前，总是他先上床暖被窝。

老婆说，敲破了两瓶酒，你就失掉了魂？你的魂还在酒里呀？

他一站起来，就像是个立正，说，问题是没了瓶子，里边的酒还能立正！

老婆说，明天我和你一起去商店讨个公道，把酒钱要回来。

他说，算了算了，喝个酒也喝不成，像做小偷似的。

逮着机会和酒友对饮（赔还的两瓶酒），就浇出愁——怀起旧。他说，喜欢马吧，马过时了；他喜欢酒，瓶子破了。最后，他自豪地说，不管咋样，我还是娶了师长的太太。他站起来，好像师座又出现了，他做了个立正的姿势，说，比我官大，有啥用？对不起了，长官……我向你报告，你丢下两个娃娃，也管我叫爹了，老天有眼，我一点点也没亏待过你那娃娃呀。

光棍酒友土坯屋里吊着的灯泡很暗，还黏着黑芝麻似的蝇屎，蒙着灰尘和烟熏，好像浮肿得眼睛睁也睁不开。酒友盘腿坐在下边。郑耀祖的头顶离灯泡很近，照出他额头的汗珠，他瞥一眼已空了的两个酒瓶，突然喊，立——正！

鸟 蛋

这对双胞胎赶着羊进了戈壁滩，哥俩已经走不动了。

戈壁滩上的草本来就少，羊群日复一日地啃，可怜的绿色也没有了。枯草贴着地，像要往沙子和鹅卵石组成的戈壁里钻，不让羊啃。羊有气无力地叫。羊羔叫得最厉害。

哥俩早晨吃了稻草淀粉蒸的馒头，那馒头像戈壁滩的石头，还有股子石灰味儿。可是，小男孩的肚子如同一个小磨，再硬的食物放进去，很快就消化掉——磨在空转。他俩躺在戈壁滩上，仰望蓝天，云像羽毛一样。

蓝蓝的天空，忽然有一只鸟儿，转眼间，鸟儿似乎又转为一块石头，飞着飞着，垂直地坠落下来。

弟弟眼睛尖，说，有一只鸟儿。

哥俩不知哪来的力气，奔向鸟儿坠落的地方。哥哥的口袋里装着一盒火柴。

那里有一条渠，渠水流向沙漠里的海子。鸟儿在水里漂，很快被小小的漩涡卷入水底。

哥俩舔了舔嘴唇，咽了一口唾沫。哥哥说，渠水把鸟儿吃掉了。

弟弟羡慕渠水，说，水也饿了，它们的肚子里没了鱼，就吃天上的鸟儿。

哥哥说，是鸟儿自己掉进水里去了。

弟弟说，鸟儿饿得飞不动了。

哥俩望一望天。希望再看见鸟儿。那云，像鸟儿散落的羽毛。蹲在渠边，哥俩掬水，水有点咸。站起来，弟弟蹦了一蹦，肚子里发出水响。

弟弟说，哥，我的肚子像个皮水袋。

哥哥晃一晃身体，咣咣的水响。

弟弟又望一望天空，说，哥，那只鸟儿好像从戈壁滩上飞起来。

哥哥说，应该还有一只。

羊群散落在戈壁滩上，像煤炭掺进了雪里。太阳已爬到头顶的天空。鹅卵石又亮又烫。

哥俩分开，在羊群附近寻找。期间，撒了一泡尿，尿一击在戈壁滩上，立刻发出吱吱的声音，还有水蒸气。随即，被又干又烫的戈壁吸收掉了。

隔着羊群，弟弟喊，哥哥，快过来看！

一窝碱草里，躺着两个紧挨着的鸡蛋。蛋壳麻麻点点。如果放在戈壁里，猛一眼，还看不出是石头还是鸡蛋。

哥哥一眼认出，那是坠落在渠水里的鸟生的蛋。那鸟，他们叫不出名字，羽毛跟麻雀差不多，却比麻雀的身体大，头上还有一撮尖尖的羽毛，像一个装饰性的帽子。麻雀都是一群一群，可那种鸟，是成双成对，它们在地上生蛋，大多生在戈壁或沙丘里，红柳丛、碱草是天然的巢。

弟弟捡起两枚蛋（比鸽蛋稍小些），舔舔嘴唇。他手像一个鸟巢。

哥哥说，放回去，你动过鸟蛋，鸟就不来孵蛋了。

弟弟说，哥哥，我去捡些草来烤蛋。

哥哥说，等一等，应该还有一只鸟儿。

弟弟放回蛋，说，我们埋伏起来，给它来个一窝端。

哥俩退到百把米远，蹲进一个坑——大概农场造房子取材料挖成的坑吧？探出头，望着那窝碱草。倒似这个坑是个鸟窝，他俩羽毛未丰，等着爸爸妈妈衔着虫子来哺呢。

尿过肚子又空了。哥俩吃进馒头（稻草发酵后再磨成粉）。他俩时不时望天空，希望出现一个飞翔的小点。好像太阳被他俩看下去了——太阳跑了大半天，也累了，慢慢地向西坠落。

羊群又开始叫了，大羊小羊都在互相呼唤。差不多是回连队的时间了。

弟弟说，那只鸟儿不会回来了。

哥哥说，不回来，两个蛋就孵不出来鸟来。

弟弟说，一定是鸟妈妈饿得忘记了自己的蛋。

哥哥说，鸟儿不可能忘了自己要孵蛋。

两枚蛋躺在窝里，已晒得发热。

弟弟说，是不是鸟儿偷懒，让太阳替它们孵蛋。

哥哥摇摇头。弟弟已经捡来一束干枯的碱草。

哥哥说，我们回家了。

弟弟急了，说，咋不烤蛋？

哥哥说，还是跟爸爸妈妈一起吃吧。

爸爸浑身浮肿，特别是眼睛肿得已经睁不开。已经放暑假了。哥俩把羊赶进连队的羊圈。

妈妈接过两个鸟蛋，泪蛋蛋就滚出来了。

哥俩说，妈，鸟蛋能不能让爸爸眼睛睁开？

妈妈说，有你们这两个儿子在，爸爸的浮肿很快就能消下去。

那口铁锅，也像一个鸟巢，只是放进水，两枚鸟蛋浮在水面。

爸爸说，掏了鸟蛋，鸟儿一定焦急得不行了，鸟蛋是未来的鸟儿。

哥俩说，爸，我们等了大半天，也不见鸟儿回来孵蛋，鸟蛋能消你的浮肿。

爸爸说，鸟儿也没力气孵蛋了，你俩辛苦了一天，一人一个吧。

弟弟说，爸，我们一家人，一人吃一半。

哥哥拿起菜刀，那么大的菜刀，切那么小的蛋，他小心翼翼，将两枚鸟蛋各切成两半。

妈妈愣住了。

弟弟说，咋啦？鸟蛋空了？

爸爸常在戈壁滩或沙漠里放羊，有经验（他有一肚子沙漠的故事）。他掰开肿肿的眼皮，像剥蛋壳那样。他说，这两个蛋，再孵也不出鸟儿了。他对儿子解释，两枚鸟蛋经风沙吹、太阳晒，蛋黄和蛋清已风干，贴在蛋壳的内壁上了。可见，鸟和蛋已分开很长时间。

以后的岁月里，弟弟看见天空飞过的鸟儿，总是担心鸟儿像抛出的石头，坠回地面。他看见涝坝和水渠，总是捡起石头打个水漂。